Holm Kohlmann

Atomatica

Zu diesem Buch

Wir schreiben das Jahr Sechstausend nach Christus. Ein Teil der Menschheit lebt in einem künstlichen Sternensystem, dessen Planeten dem Periodensystem der Elemente nachempfunden wurden. Dabei repräsentiert der jeweilige Atomkern den Planeten, die Anzahl der Monde entspricht den Elektronen der Elektronenhülle. Der dem Planeten nächstliegende Mond fungiert als halbseitige kleine Sonne. Deren Farben werden an Feiertagen variiert, Jahreszeiten wie Sommer und Winter durch sie simuliert.
Die Geschichte beginnt mit einem Überfall auf die entlegene Handelsstation Xaradnia 23 und Sprengung des Planeten. Seltsame Ereignisse bewegen das All. Menschen verschwinden, noch nie da gewesene Körper, Gegenstände tauchen in der Milchstraße auf. Ein Raumschiff fliegt selbstständig davon und wird von einer kleinen Flotte verfolgt. Wider bekannter Naturgesetze erscheint am Rande des erforschten Universums eine neue Galaxie mit sechzehn Spiralarmen, immenser schwarzer Materie und nicht erfassbarer dunkler Energie. Sie sendet teilweise unbekannte Partikel in Überlichtgeschwindigkeit, zieht alles aus ihrer Umgebung an, beginnt Galaxien in sich aufzunehmen. Aus ihr strahlen energiereiche hauchdünne Gammastrahlen ins Unendliche, umgeben von unbekannten physikalischen Gesetzmäßigkeiten - tödlichen Linien. Die Menschheit bietet all ihre neueste Technologie auf, um diese Phänomene zu erforschen. Sie schickt genetisch verbesserte Humanoide und Roboter ins All, möchte ihr verloren gegangenes Schiff zurückholen. Dabei gelangt sie immer mehr in Konflikte mit anderen Spezies. Freundliche Spezies sind selten, feindliche Kreaturen werden immer aggressiver. Es entstehen Räume unterschiedlicher Zeiten, unbeherrschbare Gefahrenzonen. Nicht nur physikalische Phänomene stecken hinter den Erscheinungen. Der Menschheit überlegene Rassen verfolgen ganz eigene Ziele, die noch im Dunkeln liegen.

Überraschungen, Abenteuer, Weltraumgefechte.
Atomatica ist eine unterhaltsame Reisegeschichte durch ein futuristisches All.

Biogramm des Autors

Holm Kohlmann, geboren 1966, lebt in Bautzen. Der Autor studierte Elektrotechnik/ Informationstechnik in Magdeburg und Karlsruhe. Er arbeitete vor allem in der Softwareentwicklung und ist seit 2006 freiberuflich als Schriftsteller tätig.

Veröffentlichungen:

Gedichtbände
„Oberlausitzer Weisen"
„Deutscher Edelmann"
„Hymne des Herrn"

Fantasieroman „Unendlich Erdenhimmel"

Zahlreiche Anthologiebeiträge

Holm Kohlmann

Atomatica

Roman

Herstellung und Verlag: BoD - Books on Demand, Norderstedt

ISBN 9783743165700

Überfall

Friedliche Sterne funkelten in der Ferne des Kosmos, bildeten den räumlichen Hintergrund zweier Vollmonde. Sie waren von ihrem Planeten Xaradnia 23 unterschiedlich weit entfernt, beleuchteten seine Nacht, gaben den Bäumen doppelte Schatten, entwarfen eine eigentümliche Romantik. Zwischen den Gipfeln huschten kleine pfeilartige Gestalten hin und her, heimische Bodentiere gaben sich ein Stelldichein, ab und an hörte man ein Knacken im Unterholz. Irgendwo flüsterte ein kleiner Bach durch die Gegend, vermittelte das Empfinden einer natürlichen heilen Welt.
Drei winzige Lichter hinter dem entfernteren Mond kamen näher, schienen leicht wie Irrlichter zu tanzen. Aus ihrem Inneren zuckten kaum erkennbare kleinere Blitze, die immer wieder winzige Explosionen um den Planeten zur Folge hatten, nach und nach alle Kommunikationssatelliten zerstörten. Die Irrlichter erschienen als flache dreieckige Flugkörper und tauchten wie durch Butter in die Atmosphäre, sanken auf Baumgipfelhöhe herab und schwebten mit hoher Geschwindigkeit in Richtung der nächstgelegenen Hauptstadt. Ihre Unterseiten glänzten silbrig in der nächtlichen Beleuchtung, als sie sich der großen Metropole näherten. Deren Hochhäuser glichen gigantischen Blumen, eine schöner als die andere. Aus kleinen Öffnungen in deren Dolden strömten Schwärme von Sicherheitsrobotern auf fliegenden Motorrädern. Sie näherten sich den Eindringlingen, umzingelten die Dreiecke. Diese gaben einen starken Energieimpuls ab, so dass alle Roboter samt Maschinen einfach vom Himmel fielen. Die Dreiecke ließen gleichzeitig je ein Bündel mikadoartiger Stäbe fallen, die wie magnetisch aufeinander zurasten und sich als eine gleißende Kugel entzündeten. Die austretende Strahlung durchdrang den Planeten, zerstäubte jegliches Leben in seine Atome. Die Kugel zerfiel bis nichts mehr von ihr übrig blieb. So leicht wie sie gekommen waren, verließen die Dreiecke wieder den Planeten, stabilisierten sich auf einer Umlaufbahn. Die Eindringlinge scannten mehrfach

in die Tiefe, erzeugten gleichzeitig einen gigantischen Laserring und bohrten vom All aus ein mehrere hundert Meter Durchmesser umfassendes Loch. Nach zwanzig Minuten Bohrung stellten sie ihren Laserring ein und sandten Aktivierungsimpulse in die Öffnung. Ihr entstieg ein dunkelgrünes bedrohliches Etwas, ein riesiges eiförmiges Gebilde, welches ringsum mit unterschiedlich langen Spitzen besetzt war, deren Enden aufglühten. Das Objekt begann zu rotieren, wurde immer schneller und schneller, sog den ganzen Planeten in sich ein, dann die beiden Monde, zu guter Letzt selbst die drei Flugobjekte. Seine Rotation ließ darauf rasant wieder nach, bald blieb das Gebilde erstarrt im Raum hängen und hörte auf zu glühen.

Menschen verschwinden

Seit tausenden von Jahren bewegte sich Atomatica durch das All. Die länger gewordene Lebenserwartung der Menschen von bis zu fünfhundert Jahren brachte in der Vergangenheit ein enormes Bevölkerungswachstum mit sich, so dass sich die Menschheit gezwungen sah, neue außermenschliche Welten zu erobern. Ideale lebenswerte Planeten blieben rar gesät, doch brachte es die moderne Technik mit sich, dass immer neue Planetensysteme künstlich geschaffen werden konnten. Es gab zahlreiche Experimente nach der idealen Planetenkonstellation, doch am Ende sollte sich eine Vielfalt herausbilden. Nach der Schaffung einzelner Planeten setzte sich die Bildung ganzer Planetensysteme durch, die eine wesentlich bessere Möglichkeit boten, selten gewordene Katastrophen zu bewältigen und den Austausch und Handel zu befördern. Mit Atomatica entstanden sogar stark benachbarte Systeme; die Erbauer schufen ein künstliches Sternensystem, welches in Kugelform dem Periodensystem der Elemente nachempfunden wurde - jedes Element bildete im Großen ein Sonnensystem. Dabei repräsentierte der jeweilige Atomkern den lebenswerten Planeten, die Anzahl der Monde entsprach den Elektronen in der Elektronenhülle. Der dem Planeten nächstliegende Mond fungierte als halbseitige Sonne, deren Farben an Feiertagen variiert wurden. Sie ermöglichte eine Simulation von Frühling, Sommer, Herbst und Winter sowie eine sichere Regelung des Wetters. In Anlehnung an sein Vorbild erhielt jeder Planet einen Namen: Wasserstoff, Sauerstoff, Aluminium, Argon und so weiter und so weiter. Überall ragten futuristische Gebäude aus dem Boden, weltraumtaugliche Shuttles bewegten sich auf definierten Transportbahnen. Dank modernster Technik war die Arbeitswelt humaner geworden; nur wer wollte, arbeitete noch den ganzen Tag.
Die Menschheit sollte sich glücklich schätzen, schließlich hatte sie enormes physikalisches Wissen angehäuft, Hungersnöte und

kriegerische Konflikte beinahe beseitigt und sogar Kontakte zu höher und nieder entwickelten außermenschlichen Lebensformen hergestellt. Ihr Forschungsdrang hatte die Menschen weit ins All gebracht, in großer Ferne zentraler Wohnsiedlungen sammelten bemannte und unbemannte Stationen Informationen über den Kosmos, führten dauerhafte Beobachtungen und Forschungen durch. Sie erfüllten außerdem diplomatische Aufgaben, waren aber wegen zahlreicher räuberischer und aggressiver Spezies mit modernsten Waffensystemen hochgerüstet und konnten sich über Jahrhunderte selbst versorgen.

Daher waren Konflikte seltener geworden, doch die menschliche Militärführung war auf der Hut. Die Sicherheitsabläufe durften nicht in Vergessenheit geraten und so wurden jährlich Manöver abgehalten, um das Personal auf aktuellem Stand zu halten und auch neue Kampfsysteme zu erproben.

Planet Wasserstoff. General Geroid von Werften stand vorm Spiegel und zupfte seine Uniform zurecht. Seit er das hundertste Lebensjahr erreicht hatte, wirkte er etwas gesetzter und erfahrener. Sein schwarzes Haar war immer noch voll und hätte einem Jugendlichen gehören können, sein spitzes kantiges Gesicht mit den wachen dunklen Augen passte hervorragend zu seinem Beruf. Die Karriere in der Raumflotte des Wasserstoffplaneten war glatt gelaufen und er konnte mit sich zufrieden sein. Sicher auch deswegen erfreute er sich bester Gesundheit, ohne große genetische Korrekturen hatte er bisher jeden Härtetest seiner Laufbahn bestanden. Eine Familie wollte er vielleicht mit dreihundert Jahren gründen, im Augenblick schien ihm das zu früh und er widmete sich lieber seinen Streitkräften und interessanten Gefechten. Er zog sich seine grau-grün geschipperte und sehr bequeme Tarnuniform an, kontrollierte seine Rangabzeichen und setzte sich in einen seiner vier Sessel. Nachdem er einige Minuten den sphärischen Klängen seines Hauscomputers gelauscht hatte,

erschien vor ihm das Holobild eines Soldaten, welcher salutierte: „General von Werften Ihr Shuttle steht bereit."
Der Shuttle brachte ihn auf dem schnellsten Weg in den Orbit, wo schon sein Führungsschiff umringt von hundert weiteren Kriegsschiffen auf ihn wartete. Nachdem sein Transportmittel angedockt hatte, begab er sich in den Offizierssaal des Raumschiffs, in dem abschließende Lagebesprechungen durchgeführt werden sollten. Die Offiziere saßen an wabenförmigen Tischen, über denen Hologramme mit detailreicher Darstellung aller Raumschiffe schwebten. Als von Werften den Raum betrat, erhoben sie sich beinahe gleichzeitig.
„Guten Morgen. Setzen Sie sich. Wie ist die aktuelle Lage?"
Der stehen gebliebene diensthabende Offizier begann zu berichten: „Alle geplanten Aktionen sind angelaufen und gut vorbereitet. Ich möchte für Sie noch einmal zusammenfassen. Zuerst begibt sich unsere Flotte zu einem künstlichen Meteoritenschwarm, die Koordinaten dürften allen Kapitänen bekannt sein. Dort werden unsere Bodentruppen abgesetzt und beginnen in den Meteoritengebirgen Festungen und verstreute Einheiten von Holopartisanen zu bekämpfen. Es werden Einzel- und Gruppenkämpfe geübt und Tarnübungen durchgeführt. Am ersten Abend beginnen dann Schachturniere unterschiedlicher Leistungsklassen.
Am zweiten Tag trainieren wir den Sturm einer Kampfstation im All.
Der dritte Tag bringt uns das Entern eines Raumschiffs.
Zwei Tage üben wir das Zerstören von Himmelskörpern, begleitet von Schießübungen.
Und als abschließendes Highlight besetzen unsere Kampfverbände die strategisch wichtigen Punkte eines Planeten, also übernehmen ihn.
Die Steuerung der Simulationen wird von unseren besten Veteranen überwacht. Sie haben Ihre Instruktionen schriftlich vor sich liegen. Gibt es noch Fragen?"

Niemand meldete sich.
„Gut", von Werften schaute in die Runde. „Das Manöver beginnt Punkt 10Uhr. Sie dürfen den Saal verlassen."

Kurz darauf verließ ein Schwarm getarnter Kriegsschiffe die Umlaufbahn des Planeten Wasserstoff und begab sich mit Überlichtgeschwindigkeit in den freien Weltraum, in eine Zone außerhalb der Milchstraße, die extra für kosmische Versuche abgesperrt wurde. Dort hatte die menschliche Militärführung künstliche Sterne und Planeten anlegen lassen, die regelmäßig als Opfer für Kriegsspiele dienen mussten. Zum Teil wanderten aber auch nur riesige Hologramme durch den Weltraum, die je nach Bedarf schnell verändert werden konnten. Manöver mit verbündeten Außermenschlichen fanden nur selten statt, allein schon der Geheimhaltung wegen. Expansive Gesellschaften konnten auch den Menschen gefährlich werden, mehr als die Hälfte der bekannten Spezies verhielt sich neutral-abgewandt oder aggressiv gegenüber den menschlichen Lebewesen. Überraschungstaktiken und neue Waffensysteme wurden deshalb ständig weiter entwickelt.

„Der Partisanenkampf war ein voller Erfolg, auch nach dem Stilllegen aller Systeme durch unsere Elektrowolken haben sich unsere Einheiten gut geschlagen", der berichtende erste Offizier stand neben von Werften und schaute mit ihm auf die Holoprojektion des Kampffeldes. „Es gab nur wenige Verwundete. Ein Unteroffizier wird allerdings noch vermisst. Unsere Scanner konnten ihn bisher noch nicht orten, sein Verschwinden ist seltsam. Wir haben in den letzten zwanzig Jahren keinen Mann verloren, unsere fliegenden Androiden scannen weiter die Umgebung."
Von Werften wischte sich mit einem Taschentuch die Stirn: „Vielleicht ist der Mann schon zur zweiten Phase übergegangen, zu unseren Tarnübungen."

„Wäre möglich."
„Starten Sie Phase2!"
„Zu Befehl!"

Nun begannen die Schiffe für ausgesuchte Räume Sensorminenfelder zu errichten, um feindliche Flugkörper abzufangen. Diese wurden von unbemannten Flugkörpern auf Qualität und Wirksamkeit getestet. Die Manöverschiffe selbst mussten durch Meteoritenhagel und feindliche Formationen navigieren - ohne entdeckt zu werden. Auf den künstlichen Meteoriten erfolgten getarnte Angriffe auf feindliche Stellungen und das Üben von Fluchten - geordneten Rückzügen. Neueste Täuschungsmanöver gingen in Erprobung, es folgten der geplante Aufbau einer Verteidigungsstation sowie das Bergen von Verwundeten. Die Armeeveteranen verteilten erste Punkte nach einem Testkatalog.
Im Anschluss begannen sofort separate Einzel- und Gruppenkämpfe. Wieder meldete der diensthabende erste Offizier das Verschwinden von drei Soldaten. Von Werften beauftragte ein menschliches Spezialkommando aus zehn Elitekräften mit deren Suche, befasste sich aber nicht weiter mit dieser Angelegenheit.
Die allabendlichen Schachturniere begannen und es folgte der Sturm einer kosmischen Stadt, einer gut ausgerüsteten Kampfstation im All. Der Raumstadtkampf dauerte eine ganze Woche und verbrauchte einen Großteil der Waffenladungen auf den Schiffen, so dass zwischendurch ein Tag Pause eingelegt werden musste und die Versorgungseinheiten ihre Arbeit aufnahmen.
Die Station wurde erfolgreich besetzt und alle Schiffe übten darauf das Entern eines Feindschiffes. Die Zahl der Vermissten hatte sich mittlerweile auf fünfzig erhöht, ohne dass eine Spur von ihnen zu finden gewesen wäre. Natürlich waren die Kampfgebiete riesig, aber die Sensoren konnten innerhalb eines Sonnensystems die Größe eines Tennisballs erfassen. Auch wenn durch punktuell

starke Gravitationskräfte mit Raumkrümmungen gearbeitet wurde, verbargen diese niemanden - weder im Raum noch in der Zeit; die auf Hochtouren arbeitenden Magnetfeld- und Gravitationswandler unterlagen immer einer absoluten Kontrolle entlang ihrer Feldlinien, eintretende Materie verriet sich sofort durch ihre Masse und ihre geladenen Teilchen. Trotz der verschwundenen Soldaten lief das Manöver weiter, die Veteranen hatten zahlreiche bedrohliche Himmelskörper - Planeten und Sonnen simuliert, die nacheinander zur Explosion gebracht wurden. Die Genauigkeit und Reichweite der neuesten Waffensysteme konnten getestet werden, parallel begannen Schießübungen der einzelnen Soldaten. Der große Abschluss nahte, die Besetzung eines feindlichen Planeten. Alle mögliche Kommunikation wurde ausgeschaltet. Unbemannte Kampfschiffe übernahmen die Beseitigung militärischer Abwehrsysteme, sicherten die Lufthoheit. Kampfdrohnen leisteten ganze Arbeit auf dem Planeten. Erst dann folgten von unzähligen Kraftfeldern geschützte menschliche Bodeneinheiten und besetzten strategisch wichtige Punkte, kontaktierten die Regierung und erreichten eine grandiose Kapitulation, so wie aus dem Lehrbuch. Als Manöverkrönung begann auf dem besetzten Planeten die Erschaffung neuen Lebens durch Aussetzen von organischen Elementen, bei Nutzung natürlicher Flüssigkeiten und Energiequellen. Dabei wurde von der vorhergehenden systematischen Vernichtung des einheimischen Lebens durch die außermenschlichen Besatzer ausgegangen.

Die vermissten Soldaten konnten nicht gefunden werden, dafür fanden die Drohnen etwas, das einer Ansammlung orangener Rosenköpfe glich, aber metallisch beschaffen war und optisch von einer diffusen Wolke aus farblich wechselnden Nadeln begleitet wurde, je nachdem wie das Licht einfiel. Diese Wolke flog einfach so durch das All, war plötzlich von unterschiedlichen Sensoren erfasst worden. Für den Fall einer explosiven Ladung wurde das Objekt in eine Quarantänekapsel gehüllt und bei seiner Flugbahn begleitet, die allerdings kein Ziel erkennen ließ. Das Gebilde war künstlich, sendete oder empfing keinerlei Signale; die seltsame Konstruktion verriet auch nicht, zu welchem Zweck sie erschaffen worden war. Eine Verbindung zu den verlorenen Militärangehörigen wurde zwar vermutet, ließ sich jedoch nicht an Beweisen festmachen. So rätselten Militärführung und Künstliche Intelligenzen, ohne zu einem Schluss zu kommen. Das seltsame Gebilde in der Größe eines Fußballfeldes sollte nicht mit heimgenommen werden, sondern wurde hier draußen untersucht, nach einigen Tagen stuften es die Militärs als Weltraumkunst ein, die wahrscheinlich ein Witzbold ins Manövergebiet gebracht hatte. Von Werften verstärkte die Soldatensuche, ließ nach drei Tagen fünf Raumschiffe zurück und begab sich mit seiner Flotte zum Planeten Wasserstoff.

Eine Berichterstattung vor dem Zentralkommando der Vereinten Planeten Atomaticas erwartete von Werften. Er fühlte sich nicht wohl in seiner Haut, unter seinem Kommando war noch nie ein Soldat zu Tode gekommen, geschweige einfach ganz verschwunden. Seine zurechtgelegten Antworten mussten ihn retten, diese seltsamen Vorkommnisse konnten ihm glatt seine Stelle kosten. Vor seinem Shuttle zeigte sich die Kampfstation, in welcher das Zentralkommando dauerhaft residierte und die ständig ihre Position in Atomatica änderte. Sie besaß fast die Größe des Mondes der guten alten Erde und konnte mit ihrer Kampfkraft ganz Atomatica in Schutt und Asche legen. Von außen wirkte sie wie ein toter schwarzer Steinbrocken, den man im freien Weltraum kaum wahrnahm; im gut getarnten Inneren verbargen sich auf unterschiedlichen Ebenen die modernsten Waffensysteme und Raumschiffe der Menschheit. Nur abgedunkelte Öffnungen ließen in Höhe der Oberfläche ahnen, dass es überhaupt hinab ging. Selten umkreisten Flottenverbände diesen Inbegriff des Krieges, umso mehr besuchten Versorgungsschiffe wie fleißige Bienen die Station. Nur wenige wussten, dass diese Station selbst aus tausenden Raumschiffen bestand, die untereinander kommunizierten und vorsorglich eventueller Explosionen durch starke Kraftfelder voreinander geschützt waren. Sie konnten sich im Angriffsfall trennen und selbständig agieren; im Normalfall waren sie durch unzählige Rohrsysteme gekoppelt und bekamen durch die stationseigenen Kraftwerke dauerhaft Energie. Auch alle anderen Vorräte wurden ständig überprüft und auf den neuesten Stand gebracht. Dieses Bollwerk aus Schiffen stand über der gesamten Verteidigungsmaschinerie Atomaticas und konnte relativ schnell selbst eingreifen.

Die Spezies der Stereoianer - Menschenähnliche, die Stereogeräusche erzeugten - war einmal mit fünfzig Schiffen aufgetaucht, hatte aber schon angesichts der Übermacht einer einzigen Planetenflotte wieder kehrt gemacht. Weitere Herausforderungen hatte es bisher nicht gegeben.

„Herr General, unser Leitstrahl hat Sie erfasst und bringt Sie sicher zur Landung", sprach eine Frauenstimme aus den Shuttle-Lautsprechern, eine Signalanzeige schaltete auf grün. Von Werftens Shuttle durchstieß eins der dunklen Oberflächenlöcher, folgte dem spiralförmigen Tunnel bis es plötzlich in helles Licht getaucht wurde und sich ein riesiger Hangar auftat und ihm grüne Leuchtpfeile auf dem Boden den Landeweg anzeigten. Ohne Erschütterungen setzte das Shuttle auf. Die Rampe fuhr herab und von Werften sah schon oben, welchen Weg ihm nun die Pfeile wiesen. Er begab sich zu einem Röhrenlift, der ihn innerhalb von zehn Minuten zum Zentralkommando brachte. Das Zentralkommando besaß sein eigenes Raumschiff und konnte im Notfall in jedes andere Schiff verlegt werden.

„Da sind Sie ja", begrüßte der Oberheer den General. Der Oberheer leitete alle Sitzungen und wurde wie alle militärischen Planetenvertreter des Kommandos aller zwei Jahre neu gewählt, musste dafür eine entsprechende Qualifizierung nachweisen. Mit hohen Mehrheiten konnte Atomaticas Regierung die Militärführung in Notfällen komplett austauschen, unterlag dabei wiederum einem Kontrollgremium.

„Setzen Sie sich!"
Von Werften schaute sich um. Die Militärs saßen mit hellblauen Uniformen im Halbkreis auf mehreren Ebenen und schauten auf ihn herab. Alle Plätze waren besetzt, es gab keine externen Zuschaltungen, soweit er das einschätzen konnte.
„Wir befürchten, dass Sie Ihre Aufsichtspflichten verletzt haben", begann der Vorsitzende. „Die Androiden meldeten uns ein zögerliches Verhalten Ihrerseits, nachdem im Manöver Soldaten verschwunden waren. Alle vorprogrammierten automatischen Aktionen unserer Kampfgeräte funktionierten einwandfrei, die erzeugten Phantome erschienen zur richtigen Zeit, die eigenständige Rückfeuerung unserer Waffensysteme auf aktivierte Positionen verlief ohne Störungen, nur ein paar Soldaten im Außeneinsatz verschwanden wie von Geisterhand. Unsere Tarneinrichtungen sind ebenfalls wieder verbessert worden, aber Sie sollten die Kämpfer nicht ganz verschwinden lassen. Was haben Sie dazu zu sagen?"
„Sie verschwanden mitten im Gefecht von unseren Sensoren. Wir hielten es anfangs für Kriegstaktik, da wir in Manövern Eigenständigkeiten zulassen. Aber sie blieben verschwunden, ohne eine Spur zu hinterlassen."
„In Manövern wird mit der Erzeugung schwarzer Minilöcher gearbeitet. Haben Sie Spionage und Entführung in Betracht gezogen?"
„Nein. Unser Manöverterritorium wird strengstens überwacht, auch die Nachbarsysteme unterliegen einem Dauerscan. In unserer Heimatwelt wären Spionagetätigkeiten bestimmt leichter durchzuführen als während eines Manövers."
„Gut sehen wir uns ein paar Aufnahmen an."
Vor jedem Anwesenden erschienen Manöveraufnahmen im Zeitraffer. Auch das eigenartige Kunstobjekt tauchte auf. Am Ende ergriff wieder der Vorsitzende das Wort: „Unsere Geheimdienste wurden aktiviert und befassen sich unter anderem mit diesem nicht

identifizierten Objekt, dass wir gesehen haben. General von Werften, Sie hören von uns. Sie können gehen."

Todesstrahlen

Hinter dem Bauernhof fielen mehrere Schüsse. Jemand rannte davon, Hunde bellten. Fredo blieb im Gebüsch sitzen und startete seine Mikro-Aufklärungskugel per Gedankensteuerung. Sie stieg im Tarnmodus langsam in die Höhe und sandte Rundumbilder in seinen Schutzhelm. Dann flog sie weiter in Richtung der Geräusche, bis sie erste Personen ausmachen konnte. Eine Gruppe von zwölf grün gekleideten Männern jagte etwas oder jemanden durch den Wald. Schnell eilte die Kugel über die Jäger, die sich leider nicht unterhielten und in ihren Bewegungen unheimlich flink waren - genetisch verbesserte Menschen. Die Kugel überholte diese, um das Ziel der Aufregung zu entdecken. Am Waldboden bewegte sich eine fast unsichtbare Kreatur auf vier Beinen; ihre glatte Oberfläche ließ einen Anzug um sie herum vermuten. Durch die Biosignatur konnte Fredo erkennen, dass es sich um den von ihm gesuchten Außermenschlichen handelte. Er war schneller als seine Verfolger und entfernte sich Meter um Meter von ihnen. Die Kugel schoss mehrere Nanomarkierungen ab, bis eine auf dem Rücken des Wesens haften blieb und ein Signal sendete. Fredo übermittelte seinem Spezialgleiter den Fangbefehl, darauf setzte sich das getarnte Flugobjekt in Bewegung, um das markierte Wesen abzufangen. Bald gelangte der rasende Außermenschliche auf eine Waldlichtung und wurde wie von einem großen Staubsauger angesaugt und vom Gleiter verschluckt. Die Aufklärungskugel folgte in eine kleine Seitenöffnung. Nun rauschte der Gleiter über die Jäger hinweg zu Fredos Position, saugte ihn sanft in die Pilotenkanzel, brachte ihn und seinen Gefangenen zum Raumschiff im All. Trotz der Tarnung waren ihnen Jägersonden gefolgt und das Raumschiff begann den sofortigen Start in den offenen Raum.
Einige Minuten später war Fredo ein flinkes Raumschiff auf den Fersen und näherte sich ihm sehr gefährlich. Er ließ ein Minenfeld ausstoßen, das sich rasend schnell vergrößerte. Bald blieb das

Raumschiff hinter ihm zurück, eine größere Explosion erfüllte das All und dann war nichts mehr zu sehen. Als das Feuerwerk vorüber war, entdeckte Fredo das Raumschiff in weiterer Entfernung, rasch nahm es Fahrt auf, kam langsam wieder näher. Er setzte einen Holoemitter ab, der sein Raumschiff simulierte, tarnte im selben Moment sein Schiff und änderte den Kurs. Das Täuschungsmanöver gelang, die Jäger folgten bald der falschen Route und entfernten sich von Fredo. Er übergab die Steuerung seinem Autopiloten und schaltete sich zum Gefängnistrakt. Dieser Trakt hatte ihn eine Unsumme an Geld gekostet, dafür besaß er jetzt das neueste Verhörgefängnis mit höchster Sicherheitsstufe und einer Ferndiagnose für alle bekannten Spezies. Der betäubte Außermenschliche - ein Echser - lag an allen Gliedmaßen gefesselt auf dem Boden und wurde über drei Röhren mit dem Nötigsten versorgt. Er wirkte in seinem Anzug wie ein verkürzter Mensch; Fredo wusste, dass der Anzug ein unappetitlich aussehendes Wesen voller Saugnäpfe und Sensortentakeln verbarg, dessen Wahrnehmungen seine eigenen um ein Vielfaches übertraf und allein schon im Kopfbereich insgesamt vier Augen aufwies. Der Schiffscomputer hatte bereits sämtliche Erinnerungen des Gefangenen heruntergeladen und untersuchte sie nach brauchbaren Mustern. Fredo lehnte sich zurück und tauchte in sie ein, er sah einen auseinander gesprengten Planeten, dessen Einzelteile auseinandertrifteten. Zahlreiche Raumschiffe entfernten sich vom Sonnensystem der Explosion. Es folgte der Sprung in ein anderes Sternensystem und die Landung auf einem unbewohnten Planeten. Das Raumschiff in dem er sich befand tauchte mit ihm ins Meer, schwamm zu einer gut getarnten Station unterhalb eines Korallenriffs. Vollautomatisch dockte das Schiff seitlich an und der Außermenschliche stieg aus. Zahlreiche Roboter begannen mit der Entladung des Schiffes, Fredo folgte im fremden Körper den Transportwegen, bald kam die Lagerhalle ins Blickfeld. Alle Container waren gut beschriftet, so dass Fredo mit Hilfe seines Schiffes erkennen konnte, was sein Gast transportiert hatte. Dieser hatte ausnahmslos seltene Erden im Gepäck, die beinahe überall Rekordgewinne erzielen ließen. Über die Hintergründe seiner Auftraggeber wusste Fredo so gut wie gar nichts, sie wollten seinen Gefangenen lebend haben. Der Lagerhalle nach zu urteilen handelte er mit allerlei Waren, die nicht so leicht zu besorgen waren. Dass man Jagd auf ihn machte, ließ vermuten, dass die Beschaffung am Rande der Illegalität ablief. Vielleicht war manches hier Gelagerte auch gestohlen worden. Der Außermenschliche inspizierte die neuen Kisten und begab sich darauf in seinen Wohnbereich. Unterwegs traf er nur Roboter, keine anderen Spezies. Die Wohnräume waren allesamt rund gestaltet und konnten je nach Befinden ihre Gestaltung ändern. Aus dem Tisch kamen exotische Speisen, etwas das wie grünliche Spaghetti aussah und eine blaue Nachspeise. Der Außermenschliche saugte sich die Kohlenhydrate hinein, gleichzeitig sah er sich in einem Rundumfernseher skurrile Gebäudepläne an. Fredos Schiffscomputer entzerrte die Zeichnungen, so dass sie menschlich verständlich wurden. Hinter den Bildern verbargen sich Baupläne eines Hochsicherheitstraktes, dessen Bestimmung vielseitig festgelegt werden konnte und der sich offenbar in der Entstehung befand. Es sollte nicht vorgesehene Technik eingebaut werden, welche die Sicherheitseinrichtungen täuschen konnte, ein Zukunftsprojekt des Außermenschlichen. Gesetze wurden von ihm dem Handel untergeordnet; kein Wunder, wenn er mächtige Feinde besaß. Er bearbeitete gedanklich ein paar Skizzen, sie änderten sich sogleich und es begann eine Simulation. Nach ein paar Minuten schien er mit seiner Arbeit zufrieden zu sein und schaltete die Ansicht ab. Nun erschien auf dem Bildschirm ein Trogole. Diese Spezies war wie die Echser den Menschen nicht gut gesinnt und konnte in vielen lebensfeindlichen Umgebungen atmen. Sie trugen um den Hals eine natürliche spitzenbesetzte Krause und waren stark behaart, insgesamt glichen sie eher einem Gorilla als einem Menschen. Dafür lernten sie schnell Sprachen und konnten sich recht gut ohne technische Hilfsmittel verständigen. Sie verstanden sich hervorragend auf Handelsgeschäfte und ihren persönlichen Vorteil, absolute „Schlitzohren". Die beiden Außermenschlichen begrüßten sich recht liebenswürdig, dann wurde der Trogole bösartig, was man an seiner dunklen Körperverfärbung und seinem Tonfall erkennen konnte. Er hielt eine Waffe in den Bildschirm und fuchtelte mit den Armen. Aus der Waffe - einem Metallstab - schoss ein Blitz und der Bildschirm wurde dunkel, dann tauchte der Trogole wieder auf. Hinter ihm hatten sich Kampfmaschinen aufgereiht. Wie sich herausstellte, war der Trogole Kunde für die seltenen Erden und der Zeitverzug machte ihn wütend. Der Echser gab Koordinaten durch und der Bildschirm verblasste. Dann geschah einige Stunden nichts Aufregendes, der Schiffscomputer stellte sie im Zeitraffer dar. Die seltenen Erden wurden nun in ein anderes Schiff verladen, dieses glich einem menschlichen Schlachtkreuzer und war voll aufmunitioniert und aufgeladen. Es tauchte aus dem Ozean auf und verschwand ins Übergabesystem, dort deponierte es die seltenen Erden in Kapseln auf der Umlaufbahn eines Planeten. Drei Kundenschiffe tauchten auf und nahmen die Waren an Bord. Fredos Außermenschlicher beobachtete die Übernahme aus sicherer Entfernung, sprang nach einigen Augenblicken in ein anderes Sonnensystem, um aktuelle Verfolger zu täuschen. Kaum war er dort angelangt, trafen Geschosse und energieintensive Laser auf das Schiff. Ein Notfallprotokoll trat in Kraft, die Vibrationen ließen nach, das Schiff versteckte sich hinter einem Planeten. Doch das doppelt so große Kriegsschiff ließ nicht auf sich warten, wie von Hass erfüllt schleuderte es seine ganze Waffengewalt gegen das Schiff des Außermenschlichen. Eine Rettungskapsel flog Richtung Planetenoberfläche, hinter sich eine gleißende Explosion. Doch damit nicht genug, die Angreifer folgten der Kapselflugbahn auf den Planeten, setzten zur Landung an. Ihnen gelang ein Aufsetzen in Nähe des Echsers. Dieser hatte sich bereits aus seiner Kapsel entfernt, die Jagd begann und endete als Fredo in das Spiel eingriff. Fredo klinkte sich aus und nahm einen Drink zu sich. Erschrocken starrte er auf seinen Bildschirm. Die Verfolger hatten ihren Kurs geändert und folgten nun wieder ihm. Noch beunruhigender war die Tatsache, dass ein zweites Schiff hinter den Verfolgern aufgetaucht war und sich nun ebenfalls auf ihn zu bewegte. Er beschleunigte auf ein Maximum, sprang ins nächste Sonnensystem und tarnte sich. Die beiden Schiffe folgten ihm, sie wussten ganz genau, wo er sich befinden musste; sie besaßen ganz sicher Ultrafrequenzsensoren. Das erste Schiff feuerte Roboterraketen auf Fredo ab, er reagierte mit Gegenraketen. Fast genau auf halbem Wege trafen diese sich und explodierten in einem grünen Feuerball, kleine glühende Splitter stoben in alle Richtungen. Kurz darauf versuchte man Fredo mit Gravitationswellen unschädlich zu machen, sein Schiff konnte sie automatisch neutralisieren, verbrauchte dafür ziemlich viel Energie. Er änderte die Eigenschaften der Tarnfelder seines Schiffes und simulierte ein Ablenkungsmanöver. Es funktionierte einmalig, dass Raketen auf das falsche Ziel gefeuert wurden. Sie erreichten ihr Ziel, explodierten an kleinen Simulationskugeln und Fredo konnte die Zerstörung täuschend echt aussehen lassen. Einige Sekunden später hatten seine Feinde wieder die wahre Signatur Fredos erfasst und feuerten mit Laserstrahlen. Erste Treffer ließen sein Raumschiff vibrieren, sein Gegenlaser verbuchte keine Erfolge. Zu allem Überdruss hatte auch das zweite Schiff aufgeschlossen. *Was passierte dort?* Fredo schaute ungläubig auf seine Holoprojektion. Das zweite Schiff begann ein Feuerwerk auf seine Verfolger. Schnell versuchte er Abstand zu gewinnen. Das Feuergefecht dauerte nur fünf Minuten, dann brach das Schiff seiner Verfolger glühend auseinander. Das zweite Schiff identifizierte Fredo als einen Echser-Kreuzer und schon folgte der ihm. Das hieß nichts Gutes, Fredo schlug mit seinem Schiff zahlreiche Haken, vorprogrammierte Ausweichmanöver. Trotzdem streifte ihn ein Laserstrahl, sein Schiff erschütterte leicht und beschleunigte auf die maximal mögliche Geschwindigkeit. Das fremde Schiff folgte ihm ohne sein Feuer einzustellen. Fredo wandte alle seine Tricks an, ließ Minen zurück, versuchte die Feinde zu locken, nichts gelang. Nach einigen schrecklichen Sekunden konnte Fredo seinen Augen nochmals kaum trauen. Das fremde Schiff zerbarst wie von einem Faden in der Mitte durchschnitten.

Fredos künstliche Schiffsintelligenz scannte auf Hochtouren die gesamte Umgebung, suchte nach weiteren Schiffen, doch der erkennbare Raum blieb leer. Auf den letzten Bildern ließen sich keine Außeneinwirkungen erkennen, welche die neuerliche Zerstörung bewirkt haben könnte.

„So viel Glück an einem einzigen Tag? Das ist untypisch. Hier stimmt irgendetwas nicht, ich muss das untersuchen", dachte er laut.

Sein Schiff landete zumindest keinen entscheidenden Treffer. Eigentlich wollte er am liebsten sofort verschwinden; da nichts mehr geschah, überlegte er es sich endgültig anders und ließ ein paar Erkundungssatelliten in Richtung letzter Explosion starten und behielt seine Position. Einen Satelliten steuerte er direkt auf die letzten Koordinaten des zerstörten Schiffes … und er wurde in der Mitte einfach durchtrennt. Vor seinem Tod konnte er noch eine mikrometerdicke harte Strahlung, eine Linie mit Strahlungseigenschaften im All ausmachen. Die Streuung war so minimal, dass keines der drei Schiffe sie hatten registrieren können. Fredo kam ins Grübeln, auch er konnte ungewollt Schaden nehmen, wenn er sich auf der falschen Bahn bewegte. Er und sein Schiff mussten sich ein neues Sensorsystem überlegen.

„Astor, setz' Deine Kapazitäten auf Strahlensuche ein, beginne dort wo unser Satellit zerstört wurde. Und erstelle eine Sternenkarte!", befahl er seiner Schiffsintelligenz.

„Ich suche Scanalternativen, bitte warten Sie", antwortete das Schiff.

Fredo ließ sich einen Kaffee kochen, zündete sich eine Zigarre an und wartete.

Es hatten sich zahllose Rauchkringel an der Decke gebildet, ehe Astor sich wieder meldete:
„Fredo hören Sie?"
„Ja."
„Die Linie, welche unseren Satelliten zerstörte, scheint ein langer dünner Raum mit unbekannten Eigenschaften zu sein, in dem sich harte Gammastrahlung bewegt und nicht nach außen dringt. Ich konnte sondieren, dass in diesem Raum jegliche Gravitationskraft aufgehoben ist. Ich habe meine Sensoren kalibriert und zwei gleichartige Strahlen in entfernten Sonnensystemen festgestellt. Weder Anfang noch Ende dieser Strahlen lassen sich lokalisieren."
„Laufen die ins Unendliche?"
„Zunächst so weit wie meine Sensoren reichen."
„Diese Infos müssen wir der Menschen-Sternenflotte zukommen lassen. Wenn unser Auftrag erledigt ist."
Fredo gab neue Zielkoordinaten ein und bestätigte den neuen Gravitationsscan. Er sprang in ein anderes System und setzte den Gefangenen auf den vereinbarten Zielkoordinaten zum richtigen Zeitpunkt ab. Das Gelände war von hohen Elektrozäunen umgeben, kein angenehmer Ort. Aus einem Gebäude bekam er eine Bestätigung des Auftrages gesendet, nebst der Überweisung. Fredo machte sich aus dem Staub, ohne seine Auftraggeber gesehen zu haben; was mit dem Gefangenen geschah, ging ihn nichts mehr an. In einem Zufluchtsort auf dem Planeten Helium gab der agile Neunzigjährige seine gespeicherten Strahlen-Informationen an die menschliche Sternenflotte weiter.

In einer anderen Galaxis

Die Wolkendecke ließ keine Lücken erkennen und ein hellgrauer Morgen lag über dem größten Kloster Amazonias. Am Himmel zogen die letzten Nachtvögel mit lautem Gekreisch vorüber, weckten die ersten Frühaufsteher. Anina Meerin streifte ihre Trainingseinheit über und machte ein paar Kniebeugen. Die Zimmerintelligenz gab ein paar Tipps für den neuen Tag. Anina sagte nur: „Danke", während ihre drei gedankengesteuerten Wurfscheiben ihren Platz an Brust und Unterarmen einnahmen. Sie gehörten im Hitec-Kloster zur Standardausrüstung jeder Kampfnonne, besaßen eine Träger spezifische Computersteuerung, drei Klingen, die jedes Material durchdringen konnten und ihre Energie aus sogenannten höheren Sphären des Universums bezogen. Die Kämpferinnen selbst waren durch magische Weihen vor den Scheiben geschützt, auch konnten sehr starke Kraftfelder ein Durchdringen verhindern. Trotzdem blieben sie die stärksten Waffen der Amazoninnen. Aninas Wohnungstür glitt zur Seite und sie betrat einen gesicherten Gang. Gesichert bedeutete vor Auswärtigen gesichert, aber auch, dass hier keine Kampfszenen geprobt wurden. In vielen Bereichen des Klosters und dem gesamten Planeten war dies der Fall. Eine Geistermaschine projizierte gestellte Kampf- und Lernszenen für den Orden, der den gesamten Planeten für sich in Besitz genommen hatte. Besucher benötigten eine gesonderte Aufenthaltsgenehmigung und durften sich zum persönlichen Schutz nicht frei bewegen. Die junge Anina hatte frühzeitig ihre Eltern verloren und sich für ein Leben auf Amazonia entschieden. Sie war zu einer jungen Kriegerin gereift und würde künftig wie zahlreiche ihrer Schwestern Detektiv- und Wachaufgaben wahrnehmen und den Orden finanziell unterstützen. Im Dauerlauf verließ sie nun ihr Kloster und begab sich auf ihren Lieblingspfad, den immer schwarz gekleidete kampfbereite Ninjas bevölkerten. Nach gut einem Kilometer wurde sie von mehreren Kämpfern angegriffen,

die sie mit ihren ausgeklügelten Bewegungen schnell außer Gefecht setzte. Dann empfing sie heute ein großer Schlächter mit einem Beil, der ihrem Stoß vor die Brust nichts entgegen zu setzen hatte und einfach nach hinten wegkippte. Bald rannte sie durch einen Slum, in dem sie dauernd Wurfgeschossen ausweichen musste. Wie ihre Ordensschwestern beherrschte sie gleich einem wilden Tier Instinkte der Fernwahrnehmung und konnte daher Ereignisse vor ihrem Eintritt registrieren und entsprechend schnell reagieren. Ihr stark trainierter Wille vermochte es sogar Materie zu bewegen und sich im Kampf übermenschliche Kräfte zu Eigen zu machen. Auch dabei konnte sie die Energie, welche das Universum auseinandertrieb anzapfen. Die Morgensportlerin betrat ein Heckenlabyrinth und suchte den zweiten Ausgang, übte sich im Baumklettern und schloss ihre Übungen auf einem Jagdstand mit einigen Scharfschüssen aus einem Gewehr ab, traf ein paar fliegende künstliche Vögel. Sie schaltete ihre Funkeinheit am Armgelenk auf Frieden um und brauchte nun auf dem Rückweg nicht mehr befürchten, aus dem Hinterhalt angegriffen zu werden. Die Kampfszenen neben ihr galten nun ihren Schwestern, die ebenfalls ihr morgendliches Training absolvierten. Gut gelaunt vollbrachte sie ihre hygienischen Reinigungsrituale mittels Massagedusche, kleidete sich an, ging in den Gemeinschaftsspeisesaal, wo die Klosterroboter schon zum Frühstück eingedeckt hatten.
„Guten Morgen Anina Meerin", sagte der Empfangsandroide. „Möchten Sie eine Zeitung?"
„Sehr gern", antwortete sie und setzte sich erst einmal in die Leseecke. Da auf Amazonia nicht allzu viel geboten wurde, berichtete das Blatt vor allem von den nächstliegenden bewohnten Planeten und von Atomatica. Eine neuartige tödliche Weltraumstrahlung war entdeckt worden und die Kriminalität hatte wieder einmal zugenommen. Mittlerweile füllte sich der Saal mit Frühstückshungrigen, Anina wurde zur Priorin gewunken, die das Kloster leitete.

„Guten Morgen Anina, bitte setz Dich zum Frühstück zu mir, ich habe Dir eine wichtige Neuigkeit zu unterbreiten", dabei wies sie auf den Stuhl ihr gegenüber. Anina setzte sich und nahm sich ein frisches helles Brötchen aus dem Korb, welches sie mit einheimischem Honig bestrich.
„Was gibt es?"
„Wir haben Deine Ausbildung mit großem Interesse verfolgt und unser Konvent ist zu der Auffassung gekommen, dass Du auf eigenen Füßen stehen kannst und reif bist, Deine erste Aufgabe zu erfüllen. Wie Du weißt, unterhalten wir auf unserem Mond eine Handelsstation. Du wirst dem Wachpersonal zugeteilt und nach dem Dir bekannten Tarifvertrag bezahlt. Natürlich bekommst Du eine Wohnung gestellt und viel Freizeit. Was sagst Du dazu?"
„Fantastisch, ich kann eine Ortsveränderung gut gebrauchen. Wann geht es denn los?"
„Schon übermorgen, wenn Du einverstanden bist."
„Ich bin einverstanden."
„Gut. Alle weiteren Informationen haben wir Deinem Wohnungscomputer eingespielt."
„Vielen, Vielen Dank."
„Ja, ja, lass es Dir schmecken. Du bist ab jetzt von allen Diensten hier freigestellt."
Sie tauschten noch einige Belanglosigkeiten aus und Anina bereitete sich nach dem Frühstück auf die Reise zum Mond vor. Dann besuchte sie alle ihre Freundinnen, um sich zu verabschieden. Sie versprachen sich gegenseitig regelmäßig Kontakt zu halten, außerdem war es für alle dienstfrei habenden Schwestern üblich, das Stiftungsfest im Frühjahr und auch Weihnachten auf Amazonia zu verbringen. Ihr Zimmer im Kloster durfte Anina behalten, ihre Abreise gestaltete sich daher recht stressfrei. Seit Jahrtausenden produzierten die Wohnungsintelligenzen, die Heimcomputer Kleidung und Waren des täglichen Bedarfs, lediglich kleine Andenken schleppte man mit sich herum oder verschickte sie einfach per Frachtcontainer.

Waffen durften nicht mit in die Personalkabinen genommen werden. Für Militärs und Sicherheitskräfte sowie dem Amazonenorden gab es Ausnahmegenehmigungen. Anina brauchte sich von ihren Wurfsternen niemals trennen und war damit gegen Verbrechen aller Art ganz gut gerüstet. Der regelmäßig verkehrende Transportshuttle brachte sie in wenigen Minuten zum Amazonenmond und sie meldete sich wie vorgeschrieben beim Sicherheitsdirektor der Werft.

„Willkommen auf Amazonia-Mond", begrüßte er sie. „Morgen Mittag beginnt schon Ihr Dienst, Sie führen Kontrollgänge zwischen den gelandeten Raumschiffen durch. Sie werden im Personalbereich unserer Werft eine schöne Wohnung beziehen", dabei übergab er ihr einen Sicherheitsstick. „Alle weiteren Informationen bekommen Sie wie gewohnt bei sich zu Hause. Noch Fragen?"

„Nein. Erst einmal nicht."

„Den Stick sollten Sie ständig bei sich tragen, damit können Sie mit dem wachhabenden Offizier jederzeit in Verbindung treten. Dann soweit auf gute Zusammenarbeit", er gab Anina die Hand und wies ihr sanft die Tür.

Auf dem Weg zur Wohnung konnte sie erste Eindrücke von ihrer neuen Heimat gewinnen. Der Raumhafen von Amazonia-Mond zählte zu den modernsten Raumhäfen der Gegenwart, schließlich konnte man von hier aus alle von Menschen bewohnten Galaxien erreichen. Reisen in unbekannte Gefilde waren ebenfalls möglich und der Mond hatte sich auch deshalb in eine riesige Freihandelszone entwickelt, die Vertretungen aller Menschen bekannten Spezies besaß und sensibel betreut werden musste. Entsprechend existierten unterschiedliche Sektoren mit angepassten Lebensbedingungen. Ausgefeilte Kommunikationssysteme regelten die Verständigung, aus Kontaminationsgründen trafen sich meist nur Spezies einer Art persönlich. Sicherheitsaufgaben übernahmen Roboter, die ständig von menschlichem und außermenschlichem Personal überwacht

wurden. Unter Anderem gehörte es dazu, die gelandeten Raumschiffe zu bewachen, weshalb auch Anina hier hergekommen war. Von weit oben schaute sie auf die ausgestreckten Gesellschafts- und Hangarkomplexe herab. Ständig starteten und landeten Schiffe, durch die verglasten Dächer sah sie geschäftiges Treiben. Die Architektur des Komplexes lebte mit vielen Rundungen und Bögen und verschwand hinter dem Horizont. Beeindruckend wirkte auf Anina vor allem die Größe der bebauten Fläche und dass es die Erbauer geschafft hatten, viele Außenfarben zu integrieren, die sehr angenehm wirkten. Nach zehn Minuten erreichte Anina ihre Wohnung, die ebenfalls einen grandiosen Ausblick bot und bereits ihrem Lebensprofil angepasst worden war. Sie sah sich ihre Dienstpläne an einer Informationstafel an und entspannte sich mit Meditationsübungen. Sie freute sich auf ihre neue Aufgabe, prägte sich die Laufwege ein und sank am Abend glücklich in ihr Bett.
Der Dienst begann am nächsten Tag um 7 Uhr. Im Raumanzug durchquerte sie die Korridore und ließ sich im Helm Fracht und Termine der einzelnen Schiffe anzeigen. Auf Amazonia-Mond war sie etwas leichter als auf ihrem Planeten, so dass sie der Anzug wegen der dünnen Mondatmosphäre kaum behinderte. Transport- und Sicherheitsroboter erkannten sie als Flughafenpersonal und grüßten sie manchmal, falls sie so etwas wie Hände besaßen mit erhobener Extremität. Ein Roboter winkte sie sogar zu sich und zeigte ihr eine Laserwaffe, die jemand auf dem Landeplatz verloren hatte. Und dann geschah es.
Mehrere Explosionen verursachten schlagartig ein großes Durcheinander. Trotz der schwachen Atmosphäre wurde Staub aufgewirbelt. Anina kletterte auf die Außenhaut des nächsten Schiffes, um sich einen Überblick zu verschaffen. Zunächst konnte sie keine Ursache und kaum Zerstörung ausmachen, doch dann fiel ihr Blick auf die von der Explosion abgewandte Seite ihrer Position. Dort konnte sie an einem der Schiffe hektisches Treiben erkennen und das Schiff schien gleich starten zu wollen. *Hatte*

jemand nur ablenken wollen? Anina dachte bei sich, dass die Roboter und Kollegen sich um die Detonationen kümmern würden und schlich sich von Neugier getrieben in die Gegenrichtung. Sie schaffte es bis zur Ladeöffnung des stark bewaffneten Transporters. Personal und Roboter verschwanden gerade im Inneren. Die Füllung der vor ihr stehenden Kisten konnte sie nicht ausmachen. Wie von Zauberhand wurden sie mit Anina in den Frachtraum gesaugt. *Eine ganz neue Technik*, dachte sie, bevor sie auf dem Schiff unglücklich mit ihrem Kopf gegen eine Verankerung geschleudert wurde und trotz Helm ohnmächtig liegen blieb.

Als Anina erwachte, lag sie zwischen zwei hohen Kistenregalen. Ein blinkendes Signal im Helm signalisierte ihr eine fehlende Verbindung zur Raumfahrtzentrale. Ihre Medisensoren zeigten keine Störungen, auch kein Gehirntrauma - zum Glück. Sie erhob sich und fand zahlreiche Lücken, die ihr notfalls als Versteck dienen konnten. Das Lager verfügte über Sensoren zur Kontrolle der Arretierungen, Kameras konnte sie nicht ausmachen. Sie war erleichtert, nicht entdeckt worden zu sein und konzentrierte sich darauf, das Licht um sie herum zu beugen und eng an den Regalen zu laufen. Damit wäre sie jedem flüchtigen Blick entgangen. Nachdem sie sich einen Überblick über den schwach beleuchteten Raum gemacht hatte, scannte sie die Verschlüsse der Kisten, deren Inhalt selbst konnte sie seltsamer Weise nicht analysieren, wahrscheinlich waren sie besonders isoliert worden. Ihr Mehrzweckanzug konnte verschiedene kleine Dinge herstellen, sie konstruierte in Gedanken und damit real Reflektoren zur Täuschung der Sensoren, positionierte sie und machte sich daran eine Kiste zu öffnen. Als die Verschlusskappe zur Seite glitt, schlug ihr eine starke esoterische Energie entgegen. Die Kiste schien bis zum Rand gefüllt mit Amuletten, deren Bedeutung sicher nur die Erzeuger kannten. Sie schloss den Behälter wieder und versetzte ihn in seinen Ausgangszustand. Mehrere weitere Kisten untersuchte sie auf dieselbe Weise. Überall fand sie nur

mystische Gegenstände - Kreuze, Messer, Kristalle, Schalen, Klangkugeln, Spiegel ... Auf Amazonia-Mond gab es ein Museum zu diesem Thema. Wahrscheinlich wurde es ausgeraubt und der nicht genehmigte fluchtartige Start des Raumschiffes war optimal bei der Explosion untergegangen oder war sogar im Katastrophenfall gestattet worden. Vielleicht hatte überhaupt niemand einen Diebstahl bemerkt.
Mehrere grün gekleidete und mit gewehrartigen Waffen ausgestattete Riesenmenschen betraten die Lagerhalle.
„Eindringling, ergeben Sie sich!"
Aus ihrer erhöhten Position konnte Anina ihre Lage gut übersehen. Sicher hätte sie die Wachleute zur Strecke gebracht, doch war es nicht ihr Ansinnen das Raumschiff zu erobern oder lahmzulegen. Sie hatte nicht einmal Beweise, nur Vermutungen, dass eine Straftat vorlag. Per Gedanken steuerte sie ihre Wurfsterne in einen versteckten Winkel des Lagers, dann entgegnete Sie:
„Bitte nicht schießen, ich ergebe mich, ich bin vom Flughafendienst Amazonia-Mond. Sie haben mich versehentlich in ihren Frachtraum gesaugt."
Langsam kletterte sie herab und näherte sich den Wachleuten mit erhobenen Händen.
„Sie sind vorläufig festgenommen", sagte der Kommandeur. „Wir bringen Sie in eine Arrestzelle."
Kurze Zeit später fand sich Anina in einer Mannschaftskabine wieder, die Außentür ließ sich auf Befehl des Kommandeurs nur durch ihn wieder öffnen. Fragen ihrerseits waren nicht beantwortet worden, nun konnte sie nur abwarten. Wenigstens hatte sie ihren Anzug samt Helm behalten können. Nach etwa zweitägigem Flug hörte sie wieder die Stimme des Kommandanten:
„Frau Eindringling, Sie werden nach der Landung unserem Befehlshaber vorgestellt. Er wird entscheiden, was mit Ihnen geschieht."
„Ich möchte einen Vertreter Amazonias sprechen!", rief sie ins Zimmer, bekam aber keine Antwort.

Nachdem das Schiff aufgesetzt hatte, wurde sie von drei Soldaten abgeholt. Einer lief voraus, zwei eskortierten hinter ihr. Als sie das Schiff verließen, war die Ladeluke des Frachtraumes schon offen und erste Kisten wurden entladen. Sie konzentrierte sich und ihre Wurfsterne bewegten sich in das Gras neben der Landebahn und folgten ihr schwebend und unbemerkt.

„Wo sind wir hier?", fragte sie die Soldaten.

„Wir dürfen nicht mit Ihnen sprechen", sagte einer ihrer Begleiter hinter ihr.

„Na toll. Sie kidnappen mich und unterhalten sich nicht einmal mit mir."

Sie wurde in ein geschlossenes Gefährt gebracht, dann fuhren alle zusammen zum Zielort. Ihre Wurfsterne hatte sie an das Auto geheftet. Der Ort, an den sie gebracht wurde, erinnerte sie an ein riesiges Areal von Baumhäusern, die untereinander verbunden waren. Dazwischen gab es weitere Gebäude, die sich am Boden befanden und viele geschwungene Formen auswiesen. Überall fiel die Farbe Grün ins Auge. Sie wurde in eines der größeren Gebäude am Boden gebracht. Von der Ausstattung her musste es ein Wohnhaus sein - wohl das Wohnhaus des Anführers. Und der wartete dann auch schon in seinem Büro, hinter seinem Schreibtisch auf sie. Überall standen Skulpturen und auf einen Schlag wusste Anina wo sie war. Sie hatte diesen Planeten studiert. Es war der Planet der grünen Göttin, ein Esoterikplanet.

„Wen haben wir denn da - eine Amazone. Das bringt ein hübsches Sümmchen ein. Wie heißen Sie?"

„Anina Meerin, ich bin Flughafenangestellte auf Amazonia-Mond. Ich möchte jetzt gehen."

„Habt ihr Wurfsterne bei ihr entdeckt."

„Nein sie war waffenlos."

„Wo hast Du denn Deine Krallen gelassen?", fragte er nun Anina.

„Wahrscheinlich habe ich sie verloren, als ich in den Frachtraum gesaugt wurde."

„Gut, wir tauschen Sie gegen Lösegeld ein. Wenn keiner zahlt, verkaufen wir Sie an die hiesigen Naturvölker. Die sind immer für ein Opfer zu haben."

„Was? Das meinen Sie doch wohl nicht im Ernst."

„Natürlich! Bringt sie weg!"

Anina bekam nun eine Zelle in einem Baumhaus. Sie hatte genug erlebt, um die Lage einschätzen zu können. Wenn die Nacht kam, würde sie fliehen und diesen aufgeblasenen Anführer mitnehmen. Sie fixierte ihre Wurfsterne auf dem Dach und legte sich ein paar Stunden aufs Ohr. Ihr neu kalibrierter Helm zeigte 26Uhr15 Ortszeit, als sie wieder erwachte. Ohne Widerstand gingen ihre Wurfsterne durch das Schloss der Gefängnistür. Im Haus und unter ihr regte sich nichts. Wie ein Eichhörnchen kletterte sie von oben herab. Zwei Wachposten in einem etwa zehn Meter entfernten Unterstand waren in ein Computerspiel vertieft. Leise schlich sie vorbei zum Haus des Anführers. Im Büro brannte noch Licht, sie schaute durch das Fenster, welches leicht angekippt war. Ihr Tyrann arbeitete noch am Schreibtisch. Sie ließ ihre Sterne hinein und sie prallten blitzschnell gegen die Schläfen des Bösewichts, sein Kopf sackte nach vorn. Nun huschte sie lautlos in das Büro, band die Hände des Mannes auf den Rücken und ließ ihn hinter sich her schweben, dabei hüllte sie ihn und sich in einen Mantel Unsichtbarkeit. Bevor sie ging, schaltete sie das Licht aus. Dicht an den Hauswänden entlang fand sie den Weg zu den schlecht beleuchteten Parkplätzen, die außerhalb des Wohnareals lagen. Zu ihrem Glück bestand der Außenzaun aus einem synthetischen Material, bei dem ein Loch in der Dunkelheit nicht sofort auffiel. Nach dessen Durchdringung wählte sie einen möglichst abseits stehenden Zweipersonenwagen, knackte per Gedanken die Sicherheitseinrichtungen, setzte den Anführer hinein und schnallte ihn an. Dann schob sie das nun ebenfalls getarnte Fahrzeug langsam aus dem Sichtfeld der Wohnsiedlung. Nichts geschah, sicher vertrauten die Bewohner auf ihre Fahrzeugtechnik und die Kameras. Wenn es in diesem Bereich überhaupt welche gab, würde das fehlende Transportmittel nicht gleich auffallen. Ihr Helm half bei der Inbetriebnahme des Bordsystems, die Navigationseinheit brachte sie ohne Zwischenfälle zur Botschaft Amazonias.

Noch in derselben Nacht gab es zahlreiche Verhaftungen und eine Belobigung für die Kampfnonne Anina.

Ein Raumschiff macht sich selbständig

Weißes Licht erhellte eine Seite des Planeten Terbium. Seltsamer Weise folgten keinerlei sichtbare Wolken oder Eruptionen auf seiner Oberfläche, jedoch unzählige technische Systeme versagten und führten zu großen Schäden. Militärische Abwehr und Meteoritenüberwachung meldeten keine äußeren Einwirkungen, eine immense Explosion musste eigentlich auf der Oberfläche stattgefunden haben. Ein Punkt unweit des größten Raumflughafens konnte nach längeren Analysen als Ursprung lokalisiert werden; aber nichts, nicht einmal eine Strahlung wies darauf hin, dass eben ein extremes Lichtereignis stattgefunden hatte. Lediglich Aufnahmen zeigten Helligkeitserscheinungen, die scheinbar weder Mensch noch Tier schadeten. Dafür spielte die Technik weiterhin verrückt, manche Systeme fuhren hoch. Zahllose Raumschiffe starteten ins All, ohne dafür Befehle erhalten zu haben. Es dauerte Tage, sie wieder einzusammeln, einige blieben sogar verschollen. Nach zwei Monaten fehlte nur noch ein Raumschiff, das nicht entdeckt werden konnte. Die Militärführung wurde aktiv, da selbst die besten Langstreckenscans versagten. Erst als ein Gefecht mit freundlichen Spezies weit außerhalb der Menschensektoren gemeldet wurde, vermuteten die Generäle dort das gesuchte Schiff. Danach durchbohrte das verlorene Kriegsgerät eine stillgelegte Raumstation und einen Planeten, auch hinterließ es zahlreiche Anomalien. Eine genaue Route konnte nicht berechnet werden, der Kurs wirkte recht wirr. Als es auch noch anfing Planeten und Monde zu sprengen, musste ein Eingreifen erfolgen. Aus den bekannten Koordinaten heraus konnten zumindest eine Richtung und eine wahrscheinliche Flugroute bestimmt werden. Eine kleine Flotte von fünf Schiffen sollte dem abtrünnigen Flugobjekt folgen, das Schiff übernehmen oder es im schlimmsten Fall zerstören. Sie bestand wie das Fluchtschiff aus Schiffen der neuesten Generation, fünfzehn Kilometer langen, im Durchmesser zwei Kilometer

breiten Röhren. Ringsherum erhellten Außenlichter durch Räume und Kabinen sowie Luken und Buchten für Shuttles und Andockmanöver. Außenwaffen waren unauffällig oder dauerhaft getarnt integriert. Jedes Schiff diente ausreichend für fünfhundert Mann Besatzung und besaß alle kulturellen Einrichtungen, die man für eine lange Reise benötigte.
Diese Flotte musste möglichst vorsichtig und mit diplomatischem Geschick handeln. Die Regierung Atomaticas suchte deshalb nach fähigen Personen und kam zu dem Schluss, dass drei Kandidaten besonders als Führungskräfte geeignet seien: General Geroid von Werften, der Kopfgeldjäger Fredo Hindemit und die Kampfnonne Anina Meerin. Sie sollten koordinierend über den einzelnen Schiffskapitänen agieren und selbständig vor Ort für die Menschheit Entscheidungen treffen. Erfahrene Kapitäne, Offiziere, Mannschaften wurden als Besatzungen zusammengestellt und Treffen zum Kennenlernen durchgeführt.

„Sie sind also der berüchtigte Kopfgeldjäger, der uns die Todesstrahlen eingebrockt hat?", von Werften gab Fredo die Hand. „Eingebrockt nicht gerade; sie haben mir das Leben gerettet, indem meine kriminellen Verfolger hinein geraten sind. Schwer zu sagen, ob sie außermenschlichen oder natürlichen Ursprungs sind. Wer so etwas beherrscht, muss unbekannte Energiequellen besitzen. Mich reizt es schon, der Ursache ins Auge zu sehen. Und Sie übernehmen die Verteidigung?"
„Unsere erste Mission besteht darin ein abtrünniges Raumschiff zu bergen oder zu vernichten. Wir streifen auf unserer Reise feindliches Gebiet. Wir müssen uns vorsehen. Die jüngsten Entwicklungen lassen vermuten, dass all die ungeklärten Vorkommnisse - eingeschlossen die Todesstrahlen - auf irgendeine Weise zusammenhängen. Außer uns und der Kampfnonne da hinten als Führungsstab wird auch eine Gruppe Wissenschaftler ein Wörtchen mit zu reden haben. Es dürfte auf jeden Fall eine interessante Reise werden."

„Ich werde mein Raumschiff mitnehmen."
„Das kann nicht schaden, wenn jeder etwas Persönliches mitnimmt. Wir werden bestimmt nicht sobald zurückkehren. Unsere Feinde könnten uns auch abschießen, falls sie uns entdecken oder als Bedrohung betrachten."
Anina stieß zu ihnen: „ Sie unterhalten sich schon, ohne mich?"
„Wir wussten nicht, ob wir Sie mit einem Kriegerritual initiieren müssen", meinte grinsend Fredo.
„Von Natur aus bin ich sanft, nicht militant", gab Anina zurück.
„Wir können trotzdem gern mal einen Wettbewerb zusammen durchführen."
„Den lassen wir lieber auf dem echten Schlachtfeld", von Werften lächelte sie an und gab ihr die Hand. „Ich habe von Ihrer abenteuerlichen Aktion auf Grün Göttin gehört, sehr beeindruckend. Sie sind wie ich eine Kampfmaschine."
„Die echten Kampfmaschinen sind sicher effektiver."
„Ja, gut. Eigentlich wollte ich Ihnen beiden Ihre Quartiere zeigen. Nachher gibt's noch ein gemeinsames Abendessen, so dass wir uns alle besser einschätzen können. Start unserer Mission ist in drei Tagen."

Von Werften zeigte Ihnen Ihre luxuriösen Appartements auf dem Führungskreuzer. Um vom Feind nicht zu unterscheiden und zur sicheren Bedienung sollten die fünf Schiffe baugleich ausgestattet sein, mit dem Vermögen, die Besatzungen der anderen Schiffe im Notfall aufzunehmen. Deshalb begaben sich die drei auf den Leitstand, wo ihnen von Werften Aufbau und Möglichkeiten der Schiffe erläuterte. Anina und Fredo waren beeindruckt von den zahlreichen Verteidigungsmöglichkeiten, selbst ein lokaler Hypersprung konnte beim Gegner große Verwirrung stiften. Für die Waffensysteme und Täuschungsmanöver brauchte man fast ein Studium, wenn die Künstliche Intelligenz des Schiffes nicht von selbst die beste Variante berechnet hätte. Alle Waffensysteme ließen sich trotzdem von Hand oder auch teilautomatisch bedienen,

selbst von anderen Stellen im Raumschiff und von den Evakuierungskapseln aus konnten die Angriffs- und Verteidigungsanlagen gesteuert werden. Dabei analysierte das Schiff sogar, wer im Kampf überlebt und der Ranghöchste im Verband war. Der General startete eine Holosimulation, ein Gefecht mit fremden Kriegsschiffen:
„Zwischendurch können wir regelmäßig üben, um nicht einzurosten. Das ist hier ein Computerspiel mit Nährwert", er schaute seinen Begleitern ins Gesicht.
„Ist auch ein Nahkampf mit Außermenschlichen drin?", Fredo war hellauf begeistert. „Oder kann ich einen Flüchtling einfangen?"
„Wir lassen keine Träume offen", von Werften wandte sich an Anina. „Und was wünschen Sie sich?"
„Frieden und Harmonie, nur das hält einen gesund und vor allem dauerhaft am Leben. Aber gegen ein paar Trainingsmodule im Nahkampf hab ich nichts einzuwenden und gegen ein paar Logikspiele auf menschenfeindlichen Planeten."
„Aha, Sie lieben die Kontraste, genau wie ich", der General kratzte sich am Kinn. „Das ist ein natürliches Verlangen eines Menschen und besonders bei Soldaten ausgeprägt. Unsere Schiffsintelligenz und unsere Spezialisten können die Darstellungen bestens anpassen. Sie werden begeistert sein. Besonders kann ich Manöver im gekrümmten Raum empfehlen."
In der Simulation gab es zahlreiche Explosionen, ein regelrechtes Silvesterfeuerwerk. Danach war nur noch ein einziges Menschenschiff übrig geblieben. Zahlen und Kommentare erschienen, dann endete die Darstellung.

Die drei Tage bis zum Start der Raumschiffe vergingen wie im Fluge. Wissenschafts- und Militärteams hatten sich ausgetauscht und bereits harmonische Dienstpläne ausgearbeitet. Viele genetisch verbesserte Menschen mit erhöhter Leistungsfähigkeit und die neuesten intelligenten Robotersysteme waren integriert worden und beschäftigten sich mit Daten rund um das abtrünnige

Raumschiff. Normale Betriebsamkeit stellte sich ein, als hätte es nie etwas anderes gegeben. Von Werften, Anina und Fredo lernten ihre engsten Mitarbeiter näher kennen und ließen sich einmal am Tage über die neuesten Ereignisse informieren. Und dann war es so weit. Eine Voraussonde kam vom ersten Zielpunkt zurückgesprungen, sendete Umgebungsinfos, gab grünes Licht zum Abflug. In allen Räumen erleuchteten Hinweistafeln, sonst war in den Raumschiffen nichts zu spüren, als die kleine Flotte per Hypersprung ihren Ort wechselte, oder besser gesagt den Raum faltete, um eine riesige Entfernung ohne Zeitverlust zurückzulegen.

All im Flutlicht

Reste einer gewaltigen Schlacht empfingen die menschliche Bergungsflotte, ließen sie am Ort des Eintreffens verharren. Zwar befanden sich die Schiffe sicher im leeren Raum, doch nur Lichtminuten von ihnen entfernt trieben Überreste eines Gefechtes von militärischen Zerstörern durch das All. Damit nicht genug konnten die Langstreckenscanner das Randgebiet der Sinusianer erfassen und Kampfhandlungen feststellen. Außerdem erreichten die Ankömmlinge Gravitations-Schockwellen, welche die künstlichen Schiffsintelligenzen jedoch spielend ausgleichen konnten. Neben den Kriegsschauplätzen erhellten verschiedenste Lichteffekte das All, welche trotz der Rechenkapazitäten auf den Schiffen nicht richtig identifiziert werden konnten. Schwächere Gammastrahlenexplosionen mussten durch stärkere Schutzschilde kompensiert werden. Gleichzeitig schienen einige Bereiche des Raumes Licht zu verschlucken und eigenen Zeitgesetzen zu folgen. Zumindest wurden die vorbeifliegenden Fracks analysiert und gaben darüber Aufschluss, dass Echser, Trogolen und Sinusianer in die Schlacht verwickelt gewesen sein mussten. Sinusianer glichen seitlich sinusförmig aussehenden Krebsen, bewegten sich ebenso fort, hatten fast die Größe eines Löwen und waren wie die beiden anderen Spezies Menschen feindlich gesinnt, hielten sich zumindest für intelligenter. Zwischen den Außermenschlichen gab es immer wieder Konflikte, größere Schlachten waren bisher allerdings nicht bekannt geworden. Ihre lebensfeindliche Politik machte zu all diesen Wesen Diplomatie sehr schwierig und es gab keine menschlichen Botschafter. Eine getarnte Aufklärungssonde sprang zum Kampfgeschehen, stellte auf ihrer Flugbahn minimale Raum- und Zeitkrümmungen fest, konnte unbeschadet rematerialisieren. Nun trat eine mysteriöse Erscheinung näher ins Sichtfeld der Menschen. Das Streitobjekt - nahmen sie an - hatte das Aussehen eines riesigen Pfau, dessen Schweif voll mit glitzernden Steinen besetzt war. Es bot sich ein

Lichtspektakel reicher als ein Regenbogen, Strahlungen unterschiedlichster Frequenzen ließen das Objekt nicht zuordnen. Der Größe nach zu urteilen bildeten unzählige Einheiten das Gesamtbild. Die Sinusianer hatten darum zahlreiche Sicherungsposten eingerichtet, die von den Echsern und Trogolen attackiert wurden. Dort wo sie aufeinander trafen, lieferten sich diese Spezies ebenfalls Gefechte. Der Schauplatz war unübersichtlich, ständig kamen neue Schiffe hinzu, es ließ sich nicht ausmachen, wer wohl die Oberhand gewinnen würde. Zahlreiche Schiffe hatten ihr Leben schon ausgehaucht, Weltraumschrott zeigte sich in unzähligen Quadranten. Neben den Kampfschiffen und auch in der Nähe des Pfaus konnten Schwärme künstlicher Satelliten ausgemacht werden, die das Geschehen auf ihre Weise unterstützten.

„Wieviel ist Dreimillionenfünfhundertsechsundfünfzigtausendachthundertsiebzehn mal Neunhundertneunundneunzig", fragte Anina Fredo.
„Circa Drei Komma fünf Milliarden."
„Gut aufgepasst", Anina lachte über den Jäger, dieser lebenserfahrene Draufgänger faszinierte sie immer mehr. Sicher würde es auf dem Schiff nicht so langweilig werden, wie sie anfangs vermutet hatte.
„Ich bitte um Ihre Aufmerksamkeit!", der diensthabende Offizier hatte sich auf der Brücke erhoben. „Bitte alle deren Dienstchip rot blinkt zur Besprechung in unseren Speisesaal."
Er hätte es nicht aussprechen müssen, denn jeder im Dienst besaß am Ärmel seines Anzuges ein Informationssystem, das an das jeweilige Schiff gekoppelt war und je nach Aufenthaltsort optische und akustische Signale abgab. Aus allen Richtungen strömten nun die aktiven Mannschaften in den größten Raum des Schiffes, füllten nach und nach den Saal. Man glaubte sich eher im riesigen verglasten Touristenrestaurant, denn in einem Raumschiff und konnte hier glatt vergessen, dass draußen ein Krieg tobte.

Außerhalb des Saals war nämlich ein echter kleiner Wald gepflanzt worden, der künstlich stabilisiert wurde. Sogar ein paar wilde Kaninchen hoppelten durch die Gegend.

Der diensthabende Offizier leitete die Sitzung, schilderte die bisherige Situation und bat um Wortmeldungen.

Ein Wissenschaftler erhob sich:

„Ich schlage vor, einen Schwarm von getarnten Mikrosonden zu dem eigenartigen Objekt zu senden. Sie besitzen im Fall der Entdeckung mehrere Selbstzerstörungsfunktionen. Wir könnten, von den Schlacht-Trümmern zusätzlich verborgen, hier bleiben und vielleicht eine Woche oder auch zwei auf die zurückkehrenden Sonden und Ergebnisse warten. Wir arbeiten am besten mit Funkstille."

„In der Zwischenzeit fliegt unser abtrünniges Raumschiff immer weiter davon, unser Abstand scheint jetzt schon ständig größer zu werden", wandte einer der Flugoffiziere ein.

„Andererseits können wir hier an einer großen Schlacht lernen, seltsame Phänomene erforschen und daraus auf die Ereignisse, die uns betreffen schließen", gab von Werften zu bedenken. „Dieser Zwischenort bringt uns vielleicht näher zu unserem Raumschiff, als wir erahnen können."

Das Für und das Wider wurden eine Zeit lang erörtert, am Ende ließ von Werften abstimmen. Eine eindeutige Mehrheit war für die Untersuchung am gegenwärtigen Ort. Nun fiel dem Führungsstab die Entscheidung leichter.

Kurz darauf wurden entsprechende Mikrosonden konfiguriert oder in den Raumschiff eigenen Produktionshallen neu angefertigt, sprangen dann in die berechneten Forschungsabschnitte.

In der Zwischenzeit liefen die Kampfhandlungen weiter, ständig kam neuer Nachschub an Kampfverbänden, der gerade mal die zerstörten Einheiten ersetzte. Die Raumschiffe der Menschen schienen unbemerkt geblieben zu sein oder wurden einfach ignoriert. Man hatte sich entschieden, vom Schwarm der

Aufklärungssonden täglich einige zurück zu holen, um sich so ein besseres und kontinuierliches Bild machen zu können. Nach sieben Tagen sollte dann die Aufklärungsmission beendet sein.
Die ersten Bilder waren fantastisch, zahllose teils metallische Gesteinsbrocken formten sich zur vollen Erscheinung. Wie die Analysen ergaben, fanden sich viele seltene Erden wie zum Beispiel Gold im Konglomerat. Stark befestigte und verteidigte Bergbaustationen der verschiedenen Außermenschlichen bargen schon einen Teil der Schätze, kleine Gleiter umringten riesige Transportschiffe. Eigentlich war für alle genug Material vorhanden, wahrscheinlich beanspruchte jede Spezies den kompletten Fund für sich. Die Sonden drangen immer tiefer in das Gebilde ein, lieferten stündlich fantastischer werdende Ansichten. Es mussten enorm hohe Temperaturen geherrscht haben, um all dieses zu erschaffen; ohne dass der nähere Kosmos in Mitleidenschaft gezogen wurde, ein Rätsel. Und das Objekt schien noch nicht zu lange an diesem Ort zu verweilen, denn Staubpartikel, Planeten, Sterne der näheren Umgebung waren den Messdaten nach zu urteilen bisher kaum in Wechselwirkung mit diesem Objekt getreten, besaßen eindeutig eine ältere Entstehungsgeschichte. Woher kam es also, einfach aus dem Nichts? Bei seiner Länge konnte es mehrere Sonnensysteme durchmessen, um so etwas zu bewegen brauchte man gigantische Energien. Kaum vorstellbar, dass die bekannten Außermenschlichen dieses bewerkstelligen konnten oder dass die Erscheinung wie ein natürlicher Prozess abgelaufen war. Trotzdem erinnerte Vieles an die seit langem bekannten Überreste von Supernovas und glich einem prähistorischen Fund.
Am dritten Tag entdeckten die Sinusianer einige Sonden und schossen sie ab. Von Werften weitete das Netz der Untersuchung, abgeschossen wurde nichts mehr. Stattdessen beruhigte sich das Kampfgeschehen bis es ganz zum Erliegen kam. Am fünften Tag erschien eine alliierte Kriegsflotte an Position der Menschen und eröffnete ohne Vorwarnung das Feuer. Die neueste Technik der

Menschheit funktionierte einwandfrei. Ein paar Ausweichmanöver genügten, um die restlichen Sonden zurück zu beordern und einzusammeln, dann sprangen die Schiffe ungetroffen zu den nächsten geplanten Koordinaten.

Labyrinthe

Ohne auf weitere Besonderheiten zu stoßen oder verfolgt zu werden, konnte die Flotte Atomaticas einige Sprungpunkte absolvieren. Geheimdienstnachrichten und die eigenen Langstreckensensoren ließen das abtrünnige Raumschiff immer wieder lokalisieren. Die kleine Flotte versuchte nun derselben Route zu folgen, die das abtrünnige Schiff genommen hatte, scannte an den jeweilgen Aufenthaltsorten die Umgebung. Anomalien wurden erfasst und akribisch ausgewertet. Nach etlichen Stationen erreichten die Menschen eine äußerst interessante Gegend.

Rings um sie herum flogen bis zu mehreren Kilometern große weiße Gasblasen, die sogar wie Seifenblasen zerplatzten. Mehrere Planeten voller Vulkane spien diese systematisch aus, das Naturphänomen war den Menschen noch nie untergekommen, in keiner Sternenkonstellation.

Sie verließen diesen Bereich und fanden sich nach und nach in einem System ständig fantastisch werdender und ineinander verschlungener Labyrinthe wieder, die sich in mehreren Dimensionen auf Größe einer Galaxie ausbreiteten. Jedes Labyrinth besaß spezifische physikalische Eigenschaften und konnte angesichts gewaltiger Ausdehnungen seine Struktur aufrechterhalten.

Zähe fließende Massen bewegten sich in unterschiedlichen Zeiträumen, Zeitzerrungen und Raumkrümmungen. Es gab gefüllte und ungefüllte Riesenkammern, lange Gänge voller klebriger Materie, verschluckend wie ein Sumpf. Gigantische von Lichtblitzen durchzogene Hülsen zeigten Sonnensysteme im Überlebenskampf. Nebel brach das Licht leuchtender Weihnachtssterne; tornadowirbelnde Gasmassen bewegten sich in ausgedehnten Höhlensystemen. Verlockende Schönheitsrouten warfen Schatten eines Paradieses in das Zentrum der Zeit. Geheimnisvolle Orte, deren Farb- und Lichtstimmungen ineinander griffen, zeichneten beinahe springende Punkte, Kleckse und Pinselstriche, waren umhüllt von seltsamen Auraströmen. Hier hätte eine kreative Designfabrik ihr zu Hause haben können, stattdessen ließen zahlreiche Neutronensterne mit ihren Gammastrahlen Planeten explodieren, waren aber nicht die Ursache der weiter reichenden Todesstrahlen. Weltformeln wurden in die originellen Gebilde geschickt, Aufklärungssonden ausgesandt; die Raumschiffe scannten vergeblich nach Intelligenz und Leben, fanden keine bekannten Muster. Nur die Natur schien irgendwie verrückt zu spielen und die Forscher zu narren; unzählige neue Teilchen wurden entdeckt, deren chemische Reaktionen analysiert. Auch einige Todesstrahlen durchzogen das Gebiet, ohne irgendeinen Zusammenhang erkennen zu lassen. Die Forschungsteams bekamen drei Tage Zeit, da sich das abtrünnige Schiff verlangsamt hatte und scheinbar zwischendurch Pausen einlegte. Es wurden Daten gesammelt, die sicher Monate der Auswertung bedurften. Diesmal gingen fast einhundert Sonden verloren, die nicht wieder auftauchten. Schwarze Löcher erschienen und vergingen, brachten den Materieverlauf neu durcheinander. Ganze Planeten und Sternenhaufen wurden einfach durch den Raum katapultiert. Manche Gegenden wirkten dagegen stabil und regelrecht vergoldet, reich an diesem Element. Die Wissenschaftler wollten diesen phantastischen Ort am liebsten nicht mehr verlassen und setzten Dauersonden ab, die weitere Informationen sammeln sollten. Verschlüsselte Nachrichten erreichten die Flotte; nun tauchten doch Lebensformen auf, eine vereinigte feindliche Streitmacht … und das Schlimmste, eine Kampfdroiden-Schiffarmada. Die Schiffe wirkten bedrohlich, umgaben sich mit einem Hauch moderner Dinosaurier, angsteinflößend und riesig, glichen mit Tentakeln besetzten Spindeln. An den unzähligen Auswüchsen saßen Waffensysteme und Landebuchten, man konnte meinen, das ganze jeweilige Schiff war nur zum Abfeuern und Landen gedacht, eine fliegende Festung mit künstlich vergrößerter Oberfläche. Glücklicher Weise hatten die Menschenschiffe die neuen Örtlichkeiten umfangreich analysiert, entwickelten sofort eine Verteidigungsstrategie. Zusammen mit seinen leitenden Offizieren war von Werften in Gedankenverbindung zu den Schiffsintelligenzen getreten, sie steuerten nun gemeinsam die Verteidigung der Menschenflotte, vereinigten Intelligenz, Erfahrung und Intuition. Zusätzlich hatten sich Spezialisten wie Fredo und Anina und genetisch verbesserte Menschen eingeklinkt, welche zusammen beinahe magische Fähigkeiten in der Raumverteidigung entwickeln konnten. Die fünf Schiffe teilten sich auf und sprangen sofort in die Labyrinthe. Beim Nacheilen blieb den Verfolgern kaum Zeit die versteckten schwarzen Löcher zu analysieren und ihre Gravitationskräfte richtig einzuschätzen. Singularitäten taten sich auf, seltene Raumkrümmungen. Gezielte Änderungen des Masse-Raum-Zeit-Charakters erzeugten Zeiten ohne Raum, gebrochene Räume ohne Zeit, unwahrscheinliche Wahrscheinlichkeiten. Und schon wurde die Hälfte der verfolgenden Droidenschiffe in Gravitationsstrudel gesogen, aus denen sie sich nicht mehr befreien konnten. Ein Großteil der anderen Hälfte gelangte in hochexplosive Gegenden und verursachte ein gigantisches Feuerwerk. Innerhalb von Sekunden hatte die Feindarmee einen Großteil ihrer Droidenschiffe verloren. Der Rest geriet plötzlich in Laserkreuzfeuer der fünf Menschenschiffe und wurde in ein Netz von Antimateriebomben getrieben, wo auch die letzten Schiffe explodierten. Wohl angesichts dieser herben Verluste sprangen die bemannten Feindschiffe -eines nach dem anderen- aus dem Labyrinthsystem.

Nur kurz darauf erschien ein Weltraummonster, eine Art metallischer Riesendrache, das die fliehenden Feindschiffe zurückgelassen hatten; ein Schwarm Nanoroboter, bekannt für den Fang von Sklaven, selbstreproduzierende Parasiten. Die Außermenschlichen hatten aber nicht damit gerechnet, dass die Menschen einen Gegenschwarm besaßen, der die Gegner sogar umprogrammieren konnte. Es dauerte nicht lange und der

Monsterschwarm war umprogrammiert und in die Abwehr der Menschen integriert worden. Alle verlorenen Materialien und Energien wurden in kürzester Zeit ersetzt. Die Shuttles brachten Pflanzen an, die von Köchen, von Feinschmeckern und Genießern gepriesen wurden. Deren paprikahafter Nachgeschmack blieb lang erhalten, eine Kiste davon konnte genug einbringen, um davon ein neues kleines Raumschiff zu kaufen. Eine große Vielfalt wurde ausgesucht und untersucht sowie kultiviert, um auf der weiteren Reise durch das All per Reproduktion den Speiseplan zu erweitern - vor allem ein Fest für Veganer, die rein nichttierische Nahrung zu sich nahmen.

In den grünen Parkanlagendecks fanden kleine Konzerte und Sportveranstaltungen statt. Es gab Schach über Volleyball bis Bogenschießen, einige liefen sogar einen Fünfzig-Kilometer-Marathon. Wer wollte, konnte sogar in einer der künstlichen Landschaften Ski und Schlitten fahren.
Zur Feier des Sieges und Entspannung aller Besatzungsmitglieder wurden fünf Tanzbälle angesetzt und überaus festlich durchgeführt. Jede Veranstaltung fand auf einem anderen Raumschiff statt. Die Kreativoffiziere hatten sich umfangreichen Blumenschmuck einfallen lassen, Nanoroboter summten als Insekten oder flogen als Schmetterlinge zwischen den Blüten umher, die Musik bot Erfüllung für viele Geschmacksrichtungen. Es gab Gegrilltes aus verschiedenen Sternensystemen in speziell gestalteten Restaurants, passend zur Musik wechselten die Illuminationen der Räume. Wer nicht gern tanzte, konnte sich in den extra eingerichteten Spielzimmern und Bars austoben, jeder bekam Gelegenheit, wenigstens an einem Ball teilzunehmen und die allgemeine Stimmung der Mannschaften verbesserte sich zunehmend.
„Genießen Sie den Abend?", von Werften wandelte von Tisch zu Tisch und pflegte kurze Konversationen. An Aninas Tisch verweilte er länger: „Sie haben wirklich beeindruckende

Fähigkeiten, Ihre Verteidigungsaktionen haben mich sehr beeindruckt. Wie machen Sie das nur?"
„Wie Sie, durch jahrelanges Training, wobei eine gewisse genetische Begabung für Übersinnliches eine Rolle spielt. Ich kann konzentriert komplexe Ereignisse spüren, als wäre ich ein Teil von ihnen und ihre Elementarteilchen ändern und verschieben."
„Und bei Anomalien verspüren Sie ein Kribbeln im Bauch?"
Anina musste laut lachen: „Ja, ich muss dann dauernd lachen. Nein, Materie bleibt Materie - Anomalien fühlen sich nur etwas anders an, so wie wir viele Dinge sehen ohne jeden Gegenstand besonders zu spüren, es bilden sich für mich Gefühlsmuster, Gesamtbilder."
„Sie sind also eine Halbgöttin?"
„Wenn man so will zusammen mit den Schiffsintelligenzen, ich glaube aber in jedem von uns sind meine Fähigkeiten mehr oder weniger vorhanden. Wir waren schon immer eins mit dem Universum."
„Ja, das klingt sehr wohltuend, gut dass wir Sie haben", er hob leicht die rechte Hand zum Gruß und ging zu einem seiner Offiziere weiter. Anina wurde von einem Wissenschaftler auf die Tanzfläche geholt, tanzte einen der neuen Modetänze.
Fredo hatte sich in eine der Spielhöllen begeben, spielte wie viele Soldaten in einem Hologrammraum eine Romanfigur und jagte außermenschliche Aggressoren. Fast wie im Fluge war für ihn die real erlebte Auseinandersetzung in den Hintergrund getreten. Die allgemeine Stimmung steigerte sich noch einmal: Shuttle-Ausflüge wurden organisiert, es fand ein Wettbewerb im halbmanuellen Meteoritenschießen statt und als gelungenen Abschluss gab es ein großes Laserspektakel in vielen Farben des umgebenden Kosmos.

Die Gesichter strahlten, Zerstreuung für jeden Reiseteilnehmer lautete die angemessene Devise und nach einem anschließenden Ruhetag war die volle Einsatzbereitschaft der

Raumschiffbesatzungen wieder hergestellt, die wichtige große Sonderreise konnte fortgesetzt werden.

Mehrdimensional

Der neue angesprungene Zielort wirkte im Vergleich zu den vorherigen Koordinaten beruhigend. Gern wären die Menschen größere Entfernungen gesprungen, als nur über ein paar Galaxien, doch aus Energie- und Sicherheitsgründen war dieses in unbekannten Bereichen des Universums noch nicht möglich geworden. Die Erforschung von Überlichtteilchen hatte die Physik revolutioniert und Möglichkeiten eröffnet, Zeit und Raum ein Schnippchen zu schlagen, flott durch das All zu reisen. Neue Effekte und Erkenntnisse wollten trotzdem kein Ende nehmen. Mit jedem Schritt in die Zukunft war die Welt noch fantastischer geworden, größere Objekte und Strukturen wie supergroße rote Riesen und Meganetze von Galaxien wurden entdeckt, selbst die schwarze unsichtbare Materie besaß unzählige physikalische Besonderheiten im Zusammenspiel mit den sichtbaren Elementen. Die Menschen hatten längst gelernt, wie man einen Planeten baut, was eigentlich nur ein kleines Puzzle zum Verständnis des Kosmos darstellte; das Zusammenspiel ganzer Galaxienhaufen konnte nach umfangreichen Messungen simuliert werden. Die philosophische Einstellung, dass die Idee die Materie bestimmt und nicht umgekehrt rückte immer näher. Überraschungen warteten zum Glück bei jeder Forschungsmission. Die Sensoren schlugen Alarm und orteten eine ungenaue Anzahl von Raumschiffen im Parallelflug und mehrfache Positionen des verfolgten Raumschiffes. Die Schiffe glichen den ihren und bewegten sich parallel zu ihnen, man konnte den Eindruck gewinnen, als flögen sie zwischen zwei Spiegeln. Unbekannte Flugobjekte, dunkle Dreiecke mit Lichtern tauchten vor den Raumschiffen auf und hielten stets den gleichen Abstand. Sonden konnten sie irgendwie nicht erreichen. Orteten sie Trugbilder, Fata Morgana-Effekte im All? Der Versuch den Abstand zwischen den Parallelschiffen und zu den Dreiecken einzugrenzen lief ins Leere. Die Flotte hing auf

eine magische Weise fixiert im Raum, gleich einem Sprinter auf einem Fitness-Laufband.
Von Werften hatte das erste Mal einen roten Kopf bekommen: „Das leitende Wissenschaftlerteam und die Führungsebene begeben sich bitte sofort in Besprechungsraum A meines Schiffes", befahl er.
Das Übersetzen der anderen Besatzungsmitglieder lief problemlos, an den Parallelschiffen schienen sich ebenfalls Shuttles bewegt zu haben.
„Ich werde noch verrückt", sprach von Werften zu den Neuankömmlingen. „Die hiesigen Zustände widersprechen allen bisherigen Erfahrungen. Unsere Aktionen wirken nur auf die Trugbilder, nicht auf den Raum, wenn man so will. Die Parallelschiffe verhalten sich bisher wie Spiegelbilder und die Dreiecke halten immer den gleichen Abstand zu uns. Eine höhere Gewalt hat von uns Besitz ergriffen, die Schiffsintelligenzen suchen nach Ursachen und auffälligen Mustern in der Umgebung, bisher noch ohne Erfolg. Wir sind zusammengekommen, um die Lage zu erörtern, vor allem aber, um neue Ideen zu entwickeln."
„Zur Abwechslung könnten wir mal einen Looping drehen oder ein Stück zurück fliegen, mal sehen was passiert", meinte der leitende Wissenschaftler. „Genauso auf unsere Duplikate zufliegen."
„Sehr gut", sagte von Werften.
„Wir könnten auch versuchen zu unserem Ursprungsort zurück zu springen", meldete sich ein anderer Wissenschaftler.
„Weitere Vorschläge."
Einige Zeit herrschte Schweigen im Raum, dann wandte der erste Offizier ein: „Eine Kontaktboje für Außerirdische könnten wir aussetzen und ständig senden lassen. Natürlich könnten wir auch durch Explosionen die Aufmerksamkeit auf uns lenken, wenn es etwas zu lenken gibt."
Fredo und Anina durften beratend bei allen Veranstaltungen dabei sein und erhielten alle erdenklichen Informationen, besaßen aber

oft nur Weisungsbefugnis, wenn sie ihnen vom General erteilt wurde.

„Ich spüre im Übersinnlichen eine Energie oder Präsenz, die ich nicht einordnen und erfassen kann. Ich werde längere Zeit meditieren müssen", sagte Anina.

„Ok, tun Sie das", erwiderte von Werften.

Fredo räusperte sich: „Mein Räuberinstinkt sagt mir, dass wir gefangen sind, kann aber nichts Konkretes beitragen."

„Dann überlegen Sie sich bitte ein Ausbruchszenario, zusammen mit unseren Suchmaschinen, den Schiff-KI's."

Von Werften blickte in die Runde: „Gut, da wir nicht gerade vor Ideen sprühen, stimmen sich die Vorschlaggebenden miteinander ab und bereiten unsere Tests vor. Ich denke, morgen können wir dann beginnen, informieren Sie mich bitte. Danke für die Aufmerksamkeit."

In kleinen Runden wurde noch eine Weile diskutiert, dann löste sich die Veranstaltung auf.

Als Erstes wurden verrückte Flugbahnen ausprobiert, dann auf die Parallelschiffe zugeflogen und zu guter Letzt versucht, auf den Ursprungsort zu springen. Nichts hatte Erfolg, die fernen Schiffe taten scheinbar das Gleiche, die Umgebung stand weiterhin, nur die seltsamen Dreiecke blieben ständig vor ihrer Nase, veränderten entsprechend ihre Position. Explosionen hüllten sie und die fernen Schiffe ein, Anina meditierte ohne Erfolg, Fredo suchte vergebens nach Ausbruchszenarien, ihm kam nur die Idee, die fremden Dreiecke zu zerstören. So hätte er in verzweifelter Lage gehandelt, aber wie sollte man etwas zerstören, dass nicht erreichbar war? Er schlug daher vor, dass die Raumschiffe sich trennen und dann sternenförmig aufeinander zu fliegen, dabei mit gezielten Laserstrahlen, auf die Dreiecke feuern sollten. Von Werften wählte einen größeren Abstand, als sie zu den Dreieckshaufen gemessen hatten. Fast wie erwartet besaß jetzt jedes Schiff vor sich einen Dreieckshaufen. Und tatsächlich konzentrierten diese sich in der Mitte des Sternenflugs. Diese Objekte wurden plötzlich erfolgreich von den Lasern erwischt und explodierten. Die Raumschiffe zerschossen die Dreiecke der jeweils anderen Schiffe, nicht die eigenen, wie sich herausstellte. Nach Zerstörung des letzten Dreieckes fanden sich die Raumschiffe am letzten angesprungenen Ort wieder, alles schien normal zu sein.

Von den Täuschungsobjekten war nicht einmal mehr Staub übrig geblieben, die Umgebung zeigte keine fremden Raumschiffe oder sonstige seltsame Objekte.

„Wir hatten es wohl mit hoch entwickelter Abfangtechnologie zu tun", von Werften schüttelte den Kopf und gab Befehl den nächsten Zielort anzuspringen.

E-Boxen

„Es ist schlimm, wirklich schlimm, wir registrieren mehrere Ereignishorizonte. Einige überlagern sich sogar. Das Raum-Zeit-Kontinuum bekomme ich auch nicht stabilisiert", der diensthabende Offizier war verzweifelt.

Von Werften runzelte die Stirn: „Sind wir immer noch Gefangene?"

„Nein, wir haben die neuen Koordinaten erreicht und uns erwarten andere Überraschungen wie bisher."

„Nach der Reise schreibe ich ein Buch! Wir sind noch gar nicht lange unterwegs und erleben ständig unbekannte Abenteuer. Was können wir Ihrer Meinung nach tun?"

Der Offizier überlegte kurz: „Am besten schnell weiterreisen. Bloß diese Option haben wir derzeit nicht, ich verliere langsam fast systematisch die Kontrolle. Für eine Lösung arbeiten unsere KI's auf Hochtouren, laut Anzeige sind die Möglichkeiten für Menschen zu komplex."

„Na toll, dann lassen wir sie mal rechnen und trinken einen Pfefferminztee."

Auf allen Stationen der Raumschiffe versagten nach und nach die Systeme, die Lebenserhaltungstechnik blieb wie durch ein Wunder intakt. Die Besatzung dämmerte in einen Zustand der Schlaftrunkenheit über und bald registrierten die Schiffssensoren, dass alle Reiseteilnehmer eingeschlafen waren. In den Arbeits- und Erholungsbereichen schliefen Mitarbeiter und Kunden, selbst auf den Brücken hatten sich alle zu einem Schläfchen zurückgelehnt.

Von Werften saß als Kind auf einem Pferd in einem Karussell, wie er es einmal in einem Museum gesehen hatte und drehte seine Runden. Er sah einige Jugendstationen vorüber ziehen, dann war er im fühlbaren Hier und Jetzt. Einäugige Monster erschienen und verwandelten sich in zahllose andere Wesen. Diese führten Schlachten gegeneinander, ohne sich auszulöschen. Aus den

Getümmeln wurden größere Massen, die Lebewesen spalteten sich zu kleineren Einheiten, wurden wässrig und verschwanden. Gleichzeitig drängte sich enormes Wissen über die Spezies in von Werftens Hirn. Es wurde immer klarer und gab ihm eine unbekannte Geschichte, einer ihm völlig fremden Zivilisation.

Anina ging es ähnlich. Nach Vollendung ihrer Jugendzeit in einer Art Zeitraffer erlebte sie neue und alte Gottheiten in ihrem Wesen, in ihren Elementen. Sie wurde eins mit ihnen oder verstand ihren Zweck und ihre Bedeutung, göttliches Wissen offenbarte sich ihr, Naturgewalten nahmen von ihr Besitz. Sie reiste mit ihrem Verstand in geistige Dimensionen, in Sphären unbegrenzter Möglichkeiten.

Fredo fühlte sich gar nicht gehetzt, obwohl er wieder einmal vor den Jugendbanden davonrannte. Plötzlich wandelte sich das Bild, er wurde nun zum Jäger, fing ständig neue Missetäter ein. Und dann sah er einen Schauplatz, der ihm nur einen Zuschauerposten ließ. Ihm unbekannte Spezies taten das Gleiche, was er immer getan hatte, sie fingen andere ein, waren Teil barbarischer Systeme. Mehr noch, er wusste, warum sie das taten, welcher höhere Sinn dahinter stand.

Jedes Mitglied der Unternehmung erlebte seine Jugend und dann eine Projektion auf unbekannte Spezies. Sehr anders gebaut, im entfernten Sinne krakenähnlich entwickelten sie sich ähnlich der Menschheit mit Konflikten und unaufhörlichen Kriegen, bis nach Jahrtausenden unglaublicher technischer Fortschritt und Vernunft Einzug hielten. In Vollendung entwickelte sich eine Kultur aus prinzipiell körperlosen Wesen, die in sogenannten E-Boxen eine Heimat gefunden hatten. In gewisser Weise wurden sie persönliche Computer, die jeweils eine Individualität enthielten und sich mit der gesamten Gemeinschaft sowohl materiell, als auch telepathisch verlinken konnten. Diese E-Boxen befanden sich in erdgroßen

Hohlraumplaneten. Strukturen von E-Boxen in Kugelformen durchzogen den Innenraum des jeweiligen Weltraumkörpers. Die Wesen widmeten sich sehr stark den schönen Dingen des Lebens, der Philosophie, der Wissenschaft und der Kultur, riesige Ministerien dienten allen Untersparten, arbeiteten stark zusammen. Ein einziges Ministerium befasste sich mit der Ausgestaltung der Feiertage, wie der Zeremonie der 200 Sonnen, wobei virtuell 200 Sonnen verschmolzen wurden. Sie nannten sich selbst die Sonnenlieber, Menschen sahen sie zum ersten Mal. Muster, Ereignislinien und Wahrscheinlichkeiten trafen aufeinander, die Schiffsbesatzungen begegneten sich in ihren Träumen auf einem großen Platz, umgeben von berghohen abstrakten Gemälden und feierlicher Beleuchtung. Die Fremden erschienen ihnen in Menschengestalt und vermieden diplomatische Verwicklungen, Aussagen zur Moral einer Gesellschaft. Ihr Anführer sprach davon, dass die Zeit kein Dieb ist, den man nicht fassen kann und gab außermenschliche Freizeittipps. Währenddessen wurde die Entwicklungsgeschichte der E-Boxen auf die Datenbanken der Raumschiffe gespielt und Normalität auf den Schiffen hergestellt. Die Normalraumblase war unversehrt geblieben und die Schwarzlochreaktoren zum Komprimieren von Raum gingen wieder in Betrieb, die Materie- und Antimateriesteuerungen fuhren wieder hoch. Ganz langsam wachten die Besatzungen wieder auf. Die Harmonie war vollkommen, nur über ihr abtrünniges Raumschiff hatten sie nichts Neues erfahren können.
Die Datenbanken waren gefüllt, die Mannschaften ausgeschlafen. Von Werften ließ die Systeme checken und wies die Weiterreise, die nächsten Sprungkoordinaten an. Die fünf Raumschiffe verschwanden aus dem Sektor der E-Boxen.

Schwarze Fracht

Ein neuer Zwischenstopp in einer eher farblosen näheren Umgebung des Weltraumes.
Der Frachtoffizier Löwen inspizierte wieder einmal optisch die Frachträume der Flotte. Nach den letzten Begegnungen mit Außermenschlichen wurden alle Systeme und das Inventar durchgecheckt. Angeblich hatten die letzten Fremdwesen auch Defektes repariert. Zumindest stand er jetzt vor einer Kiste aus Metall, die von den Lagersensoren neu registriert werden konnte. Sie war den Daten nach von Anfang an hier an Bord gewesen und enthielt menschliche Statuen der Schönheit, gedacht als Gastgeschenke für andere Kulturen. Er holte sich eine fachkundige Untergebene und ließ die Kiste von den automatischen Öffnungsmechanismen des Lagerraumes öffnen. Sie gab wunderschöne antike Figuren, nackte Schönheiten frei, die einen nach Blumen riechenden Duft freigaben und übersinnlich erotisch wirkten.
„Was meinen Sie?", wandte er sich an die Unteroffizierin, die ihm auf einmal zum Verlieben wunderbar und sehr aufreizend vorkam. Sie war erregt, hatte Farbe im Gesicht, ihre Brüste schienen aus der Kleidung springen zu wollen.
„Ich bin überwältigt und erschlagen. Solch eine Vollkommenheit habe ich noch nie gesehen. Sie passen zu Ihnen", und ohne Vorbereitung gab sie ihm einen Kuss auf den Mund.
„Ich wusste gar nicht, dass Sie so verführerisch sein können und einen solch einzigartigen Geschmack an den Tag legen."
Beide fummelten an den Klamotten des Gegenübers und fielen gleich im Abstellraum übereinander her und paarten sich mehrfach.
Partikel des Liebesduftes verbreiteten sich über die Klimaanlage im gesamten Raumschiff und lösten eine wahre Liebesorgie aus. Ganze Mannschaften begannen sich zu lieben und so manches Kind wurde gezeugt. Die Luftreinigungsaggregate taten ihre

Arbeit und die verführerischen Stoffe wurden allmählich herausgefiltert. Das Leben normalisierte sich wieder, die Mitarbeiter gingen nun liebevoller miteinander um, lachten öfter, fragten sich ein wenig, was zwei Stunden lang mit ihnen geschehen war. Nur so lange hatte die Wirkung gehalten. Wegen der vielen Peinlichkeiten, die an Bord aufgetreten waren, wurde das Thema einfach verdrängt, niemand war in seinem Moment der Schwäche zu Schaden gekommen, die sexische Abwechslung hatte allen gut getan.

Zeitgleich auf dem Schiff von Anina und Fredo fand ebenfalls eine Inspektion statt. Hier wurden in einer Metallkiste Gesellschaftsspiele voller Drogen und süchtig machende Spiele gefunden. Sie verbreiteten sich rasend schnell unter den Passagieren und sorgten für Psychosen, für schlechte Träume und eine Herabsetzung der Konzentrationsfähigkeit. Anina war in einem Holokampfspiel im Rausch gefangen, ihre Gegner lösten in ihr eine regelrechte Lust aufs Töten aus. Jeder Sieg brachte ihr eine durch Strahlen erzeugte Ganzkörpermassage, ein irres Wonnegefühl, dazu war sie vor dem Spiel gescannt worden. Sie konnte sich bis zur Erschöpfung nicht mehr lösen, ein Arzt musste konsultiert werden und eine lange Ruhezeit verordnen. Fredo sah plötzlich Ereignisse voraus, siegte in jedem Gefecht der Holoräume voller Glücksgefühle und wurde deshalb von einem Mitspieler verprügelt. Selbst von Werften konnte sich von einem Strategiespiel nicht lösen, fühlte sich stärker als je zuvor; blieb, da kampferprobt, mental besser drauf als andere Offiziere. Medizinische Notfallprogramme dämmten die Suchtphänomene durch Verhängung von Spielsperren rasch ein und die Wirkungen verschwanden ohne Wiederkehr, hinterließen vor allem leichte Kopfschmerzen bei den Teilnehmern.

Auf dem dritten Schiff wurden künstliche Mikrolebensformen freigesetzt, die sich selbst bewegende, schwankende und zirkulierende Kraftfelder erzeugten. Glücklicherweise waren sie zu schwach, um Schäden anzurichten. Die Lebensformen konnten zerstört werden. In einer zweiten Kiste befanden sich aber Musiksender, welche in Körper, Seele und Geist der Raumfahrer eindrangen und versuchten sie irre zu machen. Jemand hatte die schlechtesten Sänger des Universums aufgenommen und auf Nanosender verteilt. Dieser Anschlag blieb einfach harmlos und konnte schnell durch die KI's abgewendet werden.

Während schon drei Raumschiffe mit sich beschäftigt waren, hatten die anderen beiden Schiffe ebenfalls mit Abwehrmaßnahmen zu tun. Durch eine seltene Buddha-Statue getarnt gelangten halluzinogene Stoffe in die Atemluft. Unzählige Viren für Menschen und Computer drangen aus einer weiteren Kiste, selbständige Hologramme begannen mit Irreführung der Besatzung, intelligente Miniwaffen feuerten zufallsgesteuert durch die Gegend, Rettungskapseln meldeten Defekte und eine letzte Kiste enthielt eine Bombe. Diese wurde analysiert, von Robotern außerhalb der Raumschiffe deponiert und nach einigen Lichtminuten kontrolliert zur Explosion gebracht. Die sich schnell bewegenden, teilweise wie Quantenteilchen springenden Miniwaffen hielten die KI's am längsten in Schach. Sie gaben blau leuchtende Laserblitze ab, welche von den Kriegsschiffwänden absorbiert werden konnten, Menschen waren intern durch automatische Kraftfelder geschützt. Kampfgegendrohnen nahmen ihre Arbeit auf, machten Jagd auf kleinste aggressive Teile, nichts blieb den Schiffssensoren verborgen, alle Angreifer konnten eliminiert werden. Giftstoffe, Viren und Hologramme stellten keine Gefahr dar, bildeten leichte Opfer für die Standardabwehrprogramme.

„Wenn wir nichts übersehen haben, hatten wir zehn Übel zu bekämpfen. Alle Ursachen wurden beseitigt. Nach unseren Analysen sind die Angriffskisten während der letzten Kampfhandlungen auf unsere Schiffe transportiert oder durch Nanoangreifer hier erzeugt worden. Wir hatten Glück, dass nichts zum damaligen Zeitpunkt aktiviert wurde. Die gefundenen Sicherheitslücken sind geschlossen. Es finden künftig ständige, vor allem gründlichere Teleportationschecks statt und Änderungen unseres Gewichtes und Inventars werden dauerhaft ausgewertet. Ich denke, wir haben dieses Problem im Griff", der Sicherheitsoffizier sah zu General von Werften.

„Ausgezeichnet. Das hatten sich unsere Gegner clever ausgedacht. Dieses Angriffsszenario sollten Sie in abgewandelter Form in unser Repertoire aufnehmen."

„Wird gemacht."

„Ich bin zufrieden, es gab keine nennenswerten Schäden, eher abwechslungsreiche Vergnügen. Sie nehmen unser Inventar nochmal unter die Lupe. Im Gefecht hätten wir unser Leben verloren. Und versenden Sie Ihren Bericht an alle! Sie können gehen."

„Jawohl!", der Sicherheitsoffizier salutierte und verließ von Werftens Kabine.

Auswärts

Der nächste Sprung brachte den Verfolgungstrupp wieder in die Nähe von Todesstrahlen und es gab noch eine Besonderheit: Ein erdähnlicher Planet ohne Mond zog seine Bahnen um die Sonne. Scans zeigten keine intelligenten Aktivitäten, aber Strukturen, die künstlichen Ursprungs sein konnten. Grußfrequenzen blieben unbeantwortet, Aktivitäten auf und um den Planeten fanden nicht statt. Eine Abordnung von zwanzig Shuttles mit jeweils zehn Mann Besatzung und immer zwei Androiden wurde zur Erkundung entsandt, wobei fünf Shuttles den Planeten umrundeten und fünfzehn in Nähe der scheinbar größten Stadt auf Bodentiefe gingen und sich ihr langsam näherten. Nichts kam ihnen entgegen oder hielt sie auf; es gab ein wenig Wind, der mit den Blättern der Pflanzen spielte, keine sonstigen Bewegungen. Die Sonne verdeckten nur wenige Wolken, die grüne und leicht bläuliche Vegetation wirkte sehr gesund. Vom Himmel aus entdeckten die Shuttles weit aus den Siedlungen herausragende Obelisken, deren Funktionen nicht zu erkennen waren. Auch die größte Stadt besaß einige dieser Bauwerke. Je näher die Shuttles kamen, desto mehr ließen sich Straßen und Wege und zahllose Röhren entdecken. Die farbenfrohen, oft weißen Häuser streckten sich wie Wolkenkratzer gen Himmel und hätten von Menschen stammen können. Kein Gebäude glich dem anderen, Kreative hatten sich ausgetobt. Die Shuttles landeten auf dem zentral aussehenden Platz vor einem Gebäude, dem einer dieser Obelisken entsprang. Zur Sicherung blieb ein Großteil der Mannschaft in den Gleitern; eine Gruppe von zwanzig Soldaten, vier Wissenschaftlern und zwei Androiden in menschlicher Gestalt machte sich auf den Weg zum Obeliskengebäude. Die Androiden gingen voraus und befolgten die Anweisungen der Wissenschaftler, ihnen folgten alles beobachtend und mit kleinen aktivierten Laserwaffen in den Handschuhen die Soldaten. Der Untergrund sah aus wie Marmor, bestand aus einer Art Kunststoff, welcher beim Laufen einen sehr guten Haftungskoeffizienten aufwies. Es gab keine Spuren von unbekannten Viren, die Luft und sogar der Luftdruck zeigten für Menschen beinahe ideale Werte; trotzdem wurden die Raumanzüge der Besucher aus Sicherheitsgründen nicht geöffnet und sie sammelten Daten zur Umgebung. Abgestimmtes Licht erhellte die Räume in der Häuserlandschaft, welches mit den einzelnen Pflanzen perfekt harmonierte und von der Sonne und den Gebäuden selbst ausging. Lautlos glitten zwei Türen zur Seite, als sich der Erkundungstrupp dem Eingang des Gebäudes näherte. Es erwartete ihn ein leerer, ebenfalls marmorierter Empfangsraum für vielleicht hundert Personen, von dem unzählige Gänge abgingen. Über den Gängen leuchteten unbekannte Schriftzeichen, einige ließen ein Ende erkennen und enthielten beschriftete Wände. Wahrscheinlich befand sich dort eine Art Transportsystem für die höheren Etagen oder auch die Röhren, welche die Kundschafter überall entdeckt hatten. Zehn Soldaten blieben in der Empfangshalle, der Rest begab sich in den ersten Gang ganz rechts und folgte seinem Verlauf. Es wurden keine gefährlichen Kraftfelder oder andere Sicherheitseinrichtungen registriert. Wohl gelangten die Neugierigen nach drei Minuten in ein anderes Gebäude, in einen wesentlich größeren Saal als die Empfangshalle. Überall standen einzelne Hochsitze gegenüber runden Säulen, die einen geneigten Aufsatz besaßen. Die Sitze lagen in einer Höhe von knapp zwei Metern und hätten einem Menschen bequem zum Sitzen gereicht, die Säulen ragten noch ein gutes Stück darüber hinaus. Sonst gab es in dem Saal nichts zu entdecken, nicht einmal Fenster. Ein Android erklomm eine der Sitzflächen, stellte sich darauf und sah auf die Schrägflächen der Säulen. Er projizierte den Anblick in die Helme seiner Begleiter. Vor ihm lag nun eine Art Touchscreen mit zehn Fremdwörtertasten. Ohne Muster konnte auch der Android keine vernünftigen Schlüsse ziehen. Die Wissenschaftler nahmen an, dass in diesem öffentlichen Gebäude keine wichtigen Reaktionen ausgelöst wurden und befahlen deshalb, die erste Taste zu drücken. Es begann ein leises Spektakel aus Lauten und Lichtern. Nach Anpassung seiner Frequenzbereiche zeigte der Android erste brauchbare Bilder. Da erschien ein schwach holografischer Stadtplan mit einem roten Punkt, irgendwie vertraut. Er saß über dem Gebäude, das die Forscher betreten hatten. Der Android konnte ins Hologramm fassen und bekam Bezeichnungen gezeigt. Das Hologramm interagierte mit seinem Beobachter, optimierte sich auf die Optik des Schauenden, schien Lust auf mehr Informationen zu machen. Der Android tippte auf zwei Punkte und bekam sofort eine Route angezeigt. Unterhalb des Hologramms waren die anderen Tastaturen sichtbar geblieben. Nun durfte der Roboter eine Taste nach der anderen betätigen. Nach und nach ergab sich ein Bild zu dieser verschwundenen Kultur. Es fanden sich technische Beschreibungen, Kulturelles und sogar Berichte zu den verschwundenen Spezies, die hier lebten oder gelebt hatten. Die Forscher hatten eine Datenbank, eine Bibliothek entdeckt.

Mit etwas größerem Team begann kurze Zeit später die Aufzeichnung der leicht zugänglichen Daten. Nicht lange und die Künstlichen Intelligenzen hatten auch die Schriftsprache entschlüsselt. Die fremden Bauwerke dienten langgestreckten vier Meter hohen Wesen mit röhrenartigen Tentakeln an Stelle von Armen und Beinen. Sie besaßen sehr praktisch rundherum sechs Augen auf Kopfhöhe und sie konnten entsprechend ihren Emotionen die Köperfarbe ändern. Ringsherum gab es auch Vertiefungen mit Organen zur Erzeugung von Lauten. Ihre hochmoderne Technik ließ eine fortgeschrittene Zivilisation erkennen. Einige Androiden erkundeten die Hohlraumröhren. In einer der Röhren flohen rote Gasblasen, in der Ferne feuerte etwas auf den Erkundungsroboter, er feuerte zurück. Das Etwas entfernte sich und zerfloss, auch die Blasen lösten sich ins Nichts auf, keine Spuren blieben zurück. *Was war das gewesen?* Die Frage stellten sich alle Beteiligten, das Phänomen trat nicht wieder auf und musste, der Natur nach, ein fehlerbehaftetes Abschreckungs-Hologramm gewesen sein. Nach drei Tagen Forschungsarbeit gab es keine weiteren Aktivitäten in der Stadt oder überhaupt auf dem Planeten. Informations- und Transportsysteme der Einheimischen liefen ohne Störungen, nur die Bewohner schienen wie weggezaubert, ohne Spuren hinterlassen zu haben. Alles schien, als könnten sie jeden Moment wieder kommen oder als wären sie eben erst gegangen - seltsam. Vielleicht hatten die Todesstrahlen sie veranlasst, ihren Planeten zu verlassen, obwohl diese in sicherer Entfernung verliefen. Das Rätsel blieb ungelöst und wieder einmal ließen die Menschen Mikrosatelliten zur Aufzeichnung von Daten zurück, dann ging es weiter zum nächsten Sprungpunkt.

Auf dem Grill

Der nächste Sternenhaufen kannte einige Todesstrahlen, allerdings tobte hier ungestört das Leben. Die fünf Raumschiffe fingen eine Unmenge von Funksignalen auf und auch zwischen den Sternen gab es regen Verkehr. Die Menschenschiffe blieben nicht unbemerkt, bekamen Begrüßungsbotschaften von mehreren Welten mit zum Teil bekannten Spezies. Sogar ein Empfangsschiff begleitet von zwei vollautomatischen Roboterschiffen kam ihnen entgegen geflogen. Sie gehörten den Geistroten, Menschen ähnliche Wesen mit übergroßen Köpfen, welche den Geist anderer Lebewesen beeinflussen konnten. Sie waren den Menschen bekannt, nur wenige waren mit ihnen in Kontakt gekommen.
„Wir begrüßen Sie in unserem Reparatur- und Erholungssystem. Möchten Sie uns folgen und sich erholen oder kleinere Reparaturen durchführen?"
„Ich bin General von Werften aus Atomatica mit meiner Forschungsflotte. Uns ist ein Schiff abhandengekommen. War es zufällig hier?"
„Schon möglich, wir halten den Datenschutz sehr hoch. Möchten Sie uns besuchen, während ich die Anfrage einleite? Es kann einen Menschentag dauern."
„So lange? Aber warum nicht, wir folgen Ihnen."
Die drei Begrüßungsschiffe machten kehrt und die Menschenflotte folgte ihnen. Sie durchflogen gigantische energetische Schutzräume und landeten im zentralsten System auf einer außerplanetaren Schiffswerft. Sie war ein beeindruckendes Monstrum voller Kräne und Schiffe, überall bewegte sich etwas, ein maschinelles Wunderwerk.
Zwei Geistroten empfingen sie: „Unsere Erholungseinrichtungen stehen Ihnen kostenlos zur Verfügung. Käpt'n, wir werden Sie in vierundzwanzig Stunden über die Antwort zu Ihrer Anfrage informieren. Bitte gedulden Sie sich", dabei wiesen sie in das Innere des Erholungskomplexes.

„Alle, die regulär frei haben, dürfen sich draußen erholen!", befahl von Werften.
Viele verließen die Schiffe, gaben sich den Vergnügungsritualen hin. Fredo und der General amüsierten sich ebenfalls mit allerlei alkoholischen Getränken, Anina blieb an Bord.
Vor allem die originellen Theateraufführungen mit Speisen kulminierten zu einem Renner. Tag und Nacht liefen Disco-Veranstaltungen, welche ebenfalls hoch in der Menschengunst standen, ergänzend lockten tolle Hotels. Als von Werften das erste Mal die aktuelle Raumzeit abfragte, waren nicht ein, sondern drei volle Tage vergangen, ohne dass er an seine Mission gedacht hatte. Er begab sich mit seinem ersten Offizier zum Raumhafen und bekam einen leichten Schock - seine Schiffe waren verschwunden. Sie gingen zum Büro des Hafenmeisters, einem Geistroten, welcher mit dem Kopf schüttelte und sagte:
„Ihre Schiffe haben sich vor zwei Tagen ordnungsgemäß hier abgemeldet, mehr kann ich dazu nicht sagen."
„Wohin sind sie geflogen?"
„Ich bin nicht ermächtigt darüber Auskunft zu geben. Sie können einen Dringlichkeitsantrag stellen. Spätestens nach einem Menschentag werden Sie dann eventuell informiert."
„Eventuell? Meine Schiffe sind ohne meine Erlaubnis verschwunden. Und wo werde ich diesmal informiert?"
„Hier bei mir."
„Erinnern Sie mich bitte öfters nach der Zeit zu sehen", wandte sich von Werften beim Gehen an seinen ersten Offizier.

Anina flog mit ihren fünf Raumschiffen durch einen Strudel aus Gasen, in dem es ständig blitzte. Sie wollte der Umwelt unbedingt Gutes tun und die kleine Flotte auseinander nehmen und verschrotten lassen. Die Mannschaftsmitglieder waren guter Dinge, sie erwartete alle ein dreimonatiger Erholungsurlaub, viele hingen schon ihren Träumen nach. Die Flotte gelangte zu einer riesigen quadratischen Metallröhre, bestehend aus einem

maschenartigen Gitterrost, durchbrochen von pagodenartigen Gebilden. Anina stellte fest, dass sich die Außentemperatur langsam stetig erhöhte, je mehr sie sich in das Innere der Röhre begaben. *Eigenartig,* dachte sie bei sich, *davon haben unsere Abrüstungsfreunde gar nicht berichtet.* Allmählich fühlte sie sich unwohl und Erinnerungen kehrten zurück, die nicht in die Gegenwart passten. Ihre Verbindung zur Überwelt rückte stärker in den Vordergrund, ließ sie die Wahrheit erkennen.
„Was machen wir hier?", fragte sie laut die Offiziere.
„Wir sind auf Abrüstungskurs, Befehl auf Prioritätsebene eins."
„Prioritätsebene eins?"
„Jawoll!"
„Wie konnten wir hier Befehle von Atomatica empfangen?"
„Ich weiß nicht, das Oberkommando gab jedem Befehle."
„Alle Maschinen Stopp!", befahl Anina.

Die Triebwerke setzten aus, die Raumschiffe setzten ihre Reise fort, nun plötzlich von fremden Gravitationsfeldern beschleunigt.

„Wir wurden manipuliert", rief Anina ihren Offizieren zu. „Volle Schubumkehr!"

Die Schiffe zitterten bevor sie langsamer wurden, ihre Reise weiter fortsetzen mussten. Gleichzeitig stieg die Temperatur schneller als zuvor.

„Wir sitzen in der Falle, unsere Fahrt wird immer rasanter", meldete der erste Offizier.

„Können Sie schon ein Ziel erfassen?"

„Ja, dort herrschen unmögliche Temperaturen und der Hauptsog der künstlichen Gravitoren."

„Lassen Sie unsere Waffen tanzen", befahl Anina. „Eine kleine Antimaterie-Bombe!"

„Ausgelöst."

Zusätzlich durch die fremden Gravitationsfelder beschleunigt flog die Bombe davon, nach endlosen fünf Minuten wandelte sie ein gigantisches Objekt in Energie aus gleißendem Licht um und zerriss dabei einen Teil der quadratischen Röhre. Die fünf Menschenraumschiffe waren befreit und Anina ließ Kurs auf ihren letzten Landeplatz setzen.
Zehn Geistroten-Kampfschiffe versperrten plötzlich den Weg, bildeten eine Kampfformation, begannen ohne Vorwarnung mit Lasern zu feuern. Anina überließ die Verteidigung den Künstlichen Intelligenzen, mit der Anweisung bis zur völligen Vernichtung des Gegners alle menschlichen Befehle zu ignorieren. Die KI's schickten Schwärme von Raketen, teilweise besetzt mit Nanorobotern, begleiteten das Ganze ebenfalls mit Laserfeuer. Nach und nach brachen die Kraftfelder der Geistroten unter dem Beschuss zusammen, ohne dass diese die menschlichen Schiffe gefährlich trafen. Die Nanoroboter erreichten ihre Ziele, brachten alle feindlichen Kriegsschiffe zur gezielten Explosion, es blieb nur ein feiner Trümmerhaufen.

Jeweils sechs nackte wohlgeformte Männer und Frauen tanzten zu rhythmischen Bewegungen auf der Bühne, kamen sich näher, trennten sich, harmonierten in akrobatischen Darstellungen. Prickelnde Erotik zu traumhafter Musik verzauberte die Zuschauer, die so eine Show selten zu Gesicht bekamen.
Die ganze Menschenmannschaft hatte sich hier versammelt, um Zerstreuung zu suchen. Mitten in die Vorstellung platzten gelb uniformierte Polizisten mit kantigen Gesichtern, hielten zum Teil Waffen in den Händen.

„Alle anwesenden Menschen sind verhaftet!", sprach der Anführer. „Widerstand wird mit Waffengewalt beantwortet. Begeben Sie sich geordnet zur Ausgangstür, Sie werden mit Luftkissentransportern in Ihre Zellen gebracht."
„Was wirft man uns vor?", fragte von Werften.
„Beginn eines Krieges durch Zerstörung zehn unserer Kampfschiffe."

Anina las in der Bibliothek, eine Information war überspielt worden: Das verschollene Raumschiff befand sich nur kurze Zeit im Raumhafen und war ledig aller Biozeichen an Bord ohne Einfluss der Geistroten geblieben. Anina fand sogar die aktuellen Zielkoordinaten des folgenden Sprungpunktes. Sie wurde jäh unterbrochen.
„Unsere Flotte nähert sich getarnt der Reparaturstation", meldete der diensthabende Offizier. Anina begab sich zum Kommandodeck, überwachte die Abholmission. Nun galt es, schnell die restlichen Besatzungsmitglieder einzusammeln und von diesem hinterhältigen Ort zu verschwinden. Die Sensoren der Schiffe registrierten alle fehlenden Biosignaturen an einem Ort, der als Gefängnis registriert war. Anina hatte Feindlichkeiten erwartet und überließ die Befreiungsaktion wieder allein den Künstlichen Intelligenzen. Diese arbeiteten präzise mit Mikrodrohnen und infiltrierten heimische Transporteinrichtungen. Mit zahlreichen Explosionen wurde der Gefängnistrakt durcheinandergebracht, die Fliehenden mit Hologrammen geleitet und mit außermenschlichen Gleitern unbeschadet zur Flotte geflogen. Danach brachten die KI's den gesamten Reparaturstützpunkt zur Explosion und führten die Flotte sicher aus dem Geistroten-Raum, sprangen dann sofort zum nächsten sinnvollen Sprungpunkt, in ein anderes Raumsystem.

Projekt Druckprüfung

Wieder ein neuer Schauplatz. Wieder eine neue Galaxie. Es zeigte sich den Kosmonauten ein Raum voller Anomalien und Gasnebel. Sie durchtauchten mächtige Gasblasen, die Signale stark abschirmten, sie flogen entlang von Todesstrahlen bei Messung unterschiedlichster Drücke - ohne Korrelationen auf die Schiffe zu entdecken. Die Sensoren erfassten bewohnbare Systeme, in der Ferne schienen Raumschiffe aufzutauchen und wieder zu verschwinden. Die wissenschaftlichen Geräte erfassten neue raumzeitlose Teilchen, unkalkulierbare Bereiche im Raumzeitkontinuum. Nach den Ereignissen der letzten Tage ließen sich die Forscher ein wenig in die neue Galaxie treiben, gönnten sich eine Verschnaufpause. Sie gaben sich Zerstreuungen hin oder meditierten unter Anleitung von Anina Meerin, verschmolzen nach alten Techniken ihren Geist mit dem Kosmos. Jeder Meditationsteilnehmer wurde danach verpflichtet, einen Liebesbrief an das Gegengeschlecht zu schreiben. Anina erhielt von einem Offizier folgenden Brief:

Liebe Anina,
als ich zum ersten Mal zu unserer Flotte fuhr, hatte ich nicht erwartet, so nett empfangen zu werden. Ganz besonders faszinierte mich von Anfang an meine neue Chefin. Ich dachte, es kann doch nicht sein, dass mir meine Vorgesetzte gefällt und wie war es nur möglich, dass ich sie ungekannt so unendlich gern haben konnte?
Seit unserem ersten Treffen hat diese Leidenschaft nicht nachgelassen. Es war wunderschön - liebevoll wie nie zuvor - als Du mich wegen dem neuen Kennenlerntermin anriefst und wie ein zwitscherndes Vöglein *Tschüss* zu mir sagtest. Bitte wiederhole das noch einmal. Als Dein ergebener neuer Mitarbeiter wusste ich nicht mehr so recht, wie ich mich nun verhalten sollte. Ich wollte und möchte nichts tun, was Deine Autorität untergraben oder uns

anders im All schaden könnte und natürlich wünschte ich mir die neue Stelle.
Ich träume stets von Harmonie. Du und ich haben wohl nicht zu viel Freizeit und wir sollten nur tun, was wir auch beide wollen. Bitte hilf mir ein wenig – wie weiter. Wir könnten zum Beispiel zusammen spazieren gehen oder ich zeige Dir meine Pflanzensammlungen. Ich war lang allein und gebe mich etwas schwer damit, meine Freiheit aufzugeben. Vielleicht möchtest Du auch gar keine Beziehung oder ein paar gemeinsame Stunden, es war nur Spaß und ich habe all Deine Gesten falsch verstanden. Dann lasse ich Dich mit diesem Thema künftig in Ruhe.
Bitte schreibe mir mal ein paar Zeilen – einfach was Du gern möchtest oder gern machst. Gleich wie Du Dich nun entscheidest, Du bist für mich die Herz Dame:

Es jubelt meine Seele
selbst in der Raumschiff Reihn,
wenn heiter schaut Anina
im hellen Sternenschein.

Ich liebe Dich

Dein Alaas Himmelreich

Alle Briefe waren im Voraus für ungültig erklärt worden: Sie erreichten ihren gesundheitlichen Zweck; Wellen der Harmonie und Glückseligkeit durchfluteten die Teilnehmer, schaffen eine Atmosphäre gesunder Friedfertigkeit sowie innerer Reinheit und Klarheit - begleitet von heilendem Humor.
Jäh wurden die Glücklichen unterbrochen, auf den Raumschiffen war Alarm ausgelöst worden. Wie sich herausgestellt hatte, wurden die Anomalien durch Sterne erzeugt, welche lineare

Gravitationswellen aussandten; an Überlagerungspunkten befanden sich die Anomalien. An den nächstliegenden Punkten tauchten Schwärme von Raumschiffen auf, die sich in kürzester Zeit auf die Menschenflotte zu bewegten, die Abstände in Sprüngen zurücklegten. Es blieb keine Zeit zur Flucht, die Fremdschiffe umhüllten die Menschenschiffe und fanden Strukturrisse, um ihre Eindringlinge zu teleportieren. Im Nu hatten diese die Nahrungsvorräte gefunden und teleportierten sie zu sich hinüber, außerdem stahlen sie alle Pflanzen aus dem Arboretum. Dabei kam es nur zu einzelnen Gefechten, ein einziger Eindringling blieb dabei tot zurück. Die KI's schafften es wenigstens unterschiedliche Mikroroboter zu platzieren, welche Sendesignale ausstrahlen konnten. So wie sie gekommen waren, sprangen die Fremdschiffe in den Raum zurück. Viel zu schnell hatten sie es geschafft, alle Sicherheitsvorkehrungen zu umgehen. Die Analyse des toten Eindringlings zeigte Antworten. Die Lebensform glich Menschen, besaß aber eine Art Lederhaut. Ihr Gehirn war riesig und schien in der Lage zu sein, auf unterschiedlichste Methoden empfangen und senden zu können. Scheinbar konnten sich die Wesen gegenseitig Empfindungen senden und extrem schnell auf Außenereignisse reagieren. Der Raumanzug des toten Wesens bestand aus einem magischen Material, dass unterschiedlichste Eigenschaften annehmen und sich der Umgebung anpassen konnte, auf dem Anzugshelm saß furchteinflößend ein verdrehtes Horn.
Die Menschen waren von den Eindringlingen regelrecht überrumpelt worden; die eingeschleusten Mikroroboter taten dafür zuverlässig ihre Arbeit. Bald konnte die Flugbahn der Piraten rekonstruiert werden. Die getarnten Menschenschiffe erreichten den Zielplaneten in relativ wenigen Lichtminuten. Er besaß eine Sonne und drei Monde. Auf der Oberfläche ließen sich Anzeichen einer einfachen Zivilisation erkennen. Die Gebäude in den wenigen Städten verjüngten sich nach oben, glichen leicht verdrehten Schraubenwindungen. Alle Straßen und Wege waren in

geschwungener runder Form angelegt, nirgends sah man eine gerade Bahn. Der Planet war dünn besiedelt, überwiegend ländlich geprägt; es gab keinerlei hochtechnisierte Aktivitäten. Die Verlassenheit und Rückständigkeit diente wohl der Tarnung, denn unter der Oberfläche sendeten drei Spionageroboter. Bald entdeckten die Scanner Labyrinthe auf dem ganzen Planeten, die Zukunft lag unterirdisch. Wie die Aufklärungsdrohnen feststellten, führten von den versteckten Eingängen viergleisige Schienen in die Tiefe. Der analysierte Anzug des Fremden gab Auskunft über die Beschaffenheit der Kraftfelder, die den Eingang versperrten, für das magische Material waren sie durchlässig. Aufklärungsdrohnen testeten reproduziertes Material und verschwanden kurzzeitig in der Dunkelheit. Die Rückholaktion wurde nun von den KI's und den Menschen geplant. Zur Deckung der Aktion sollten alle Besatzungen der Raumschiffe einbezogen und redundante Fluchtmöglichkeiten eingesetzt werden. Die Verteidigung der Raumschiffe oblag den KI's, die bereits begonnen hatten, getarnte Minenfelder rund um die Menschenflotte anzulegen. Dieses Mal konnte kein Schwarm vordringen, wenn die flüchtenden Shuttles die Oberfläche verließen.
Die Künstlichen Intelligenzen der Schiffe platzierten zur Ablenkung getarnte Sprengkörper an unterschiedlichsten Stellen des Labyrinths. Die Aufklärungsdrohnen brachten Bilder von Menhiren und Dolmen, Behausungen, Sprengfallen; bewaffnete fußballgroße Kugeldrohnen durchflogen die Labyrinthe, scannten die Wände ab. Die Menschen wurden daher mit vollautomatischen Verteidigungsanzügen ausgestattet, Nanoschwärme sollten das Vordringen sicherstellen. Zahlreiche Androiden begleiteten die Menschen und hatten die Aufgabe alle entwendeten Pflanzen und Nahrungsmittel zurückzuholen und sonst keinen Schaden anzurichten. Die Piraten bewegten sich wie ferngesteuerte Roboter; tief im Inneren lag von den Emissionen her so etwas wie

ein Computerzentrum oder Zentralhirn, darauf wurden ebenfalls Sprengstoffanschläge geplant.
Zeitgleich landeten unsichtbare Shuttles und es explodierten die Sprengladungen. Über sechs verschiedene Gänge sollte das gestohlene Gut erreicht und je nach Lage genauso oder über weniger Gänge verlassen werden. Roboter und Menschen kamen trotz Sprengfallen und plötzlich auftauchender Kraftfelder gut voran, etwa auf der Hälfte des Weges kamen sie ins Stocken, hier hatten sich trotz der Ablenkungsmanöver massive Kampfverbände der Piraten und Abwehrdrohnen gesammelt. Doch die künstlichen Intelligenzen ließen die Feuerkraft verstärken und die Miniroboter legten die Kommunikation in diesen Bereichen lahm. Der Abtransport der geklauten Waren verlief zügig, ohne große Behinderungen. Wie erwartet waren indessen die Kampfverbände der Angriffsraumschiffe aufgetaucht und versuchten die Shuttles zu orten, zu verfolgen und flugunfähig zu schießen.
Die Shuttles schafften flink und unbeschadet den Flug zu ihren Heimathäfen. Zum Glück hatten die Angriffsschiffe keine Minen geortet, fast wie vorausberechnet explodierten zahlreiche von ihnen in den ausgelegten Minennetzen, rissen viele ihrer Begleiter mit in den kosmischen Tod. Etwa ein Viertel der Schiffe blieb übrig und zog sich ohne Wiederkehr zurück, wagte keinen weiteren Angriff.

„Heute standen wir alle unter Druck", sagte von Werften, „…verlassen wir diese unerfreuliche Gegend!"

Eingeschlafen

Eigenartig wunderbar erschien der neue Reiseort auf den Sensorbildschirmen. Diese Allgegend prägten unzählige schwarze Löcher. Über Jahrmillionen hatten es diese vollbracht, Sternensysteme, die einmal von rotierenden Planeten umgeben waren, zum Stillstand zu bringen. Wie auf einem Bild ruhte der gesamte Komplex in sich. Nur das Licht und alle möglichen Strahlungen vermochten es, diesem scheinbar reglosen Gebilde zu entkommen. Die Menschen waren in einen ausreichend großen Leerraum gesprungen, gerieten daher nicht in einen ungewollten Sog der Schwarzlöcher. Restsignaturen verrieten, dass das gesuchte Raumschiff kurz hier verweilte, um gleich weiter zu springen. Die Verfolger folgten dem Beispiel.

Wie das Universum zusammenhält

„Wir vermuten bei diesen Todesstrahlen ein weitmaschiges Netz. Dazu hatte ich schon viele Gespräche, es fehlen uns einfach genügend Daten über einen längeren Zeitraum. Wir wissen nicht einmal, wann sie in Erscheinung getreten sind. Fredo war unser Erstkontakt. Eine künstliche oder natürliche Ursache wird es für das Ganze schon geben. Mir ist allerdings noch nichts Sinnvolles eingefallen. Man kann den Gedanken freien Lauf lassen und Theorien entwickeln. Vielleicht wirken die Todesstrahlen wie Reißverschlüsse", von Werften kratzte sich am Kinn.
„Und was erscheint dahinter, wenn man sie aufreißt?", wollte Anina wissen.
„Geistvolle Kompositionen, Grundakte für Liebe und Vertrauen, die ansonsten unerklärt bleiben; philosophische Neuerkenntnisse mit seitenverkehrtem Humanismus oder fremde unchristliche Einstellungen."
„Bildkräftige neue Weltbilder?"
„Vielleicht etwas Derartiges, bis heute Unvorstellbares; das Träumen und Schäumen Unsterblicher, ein Meer der Phantasie."
„Vielleicht entflohene Götter, wahrhaftige Zeitalter, die segnende Macht der Höhe, alliebendes schweres Glück", Anina hatte Feuer gefangen.
„Physikalisch gesehen kann sich in gefalteten verschlossenen Räumen alles Mögliche befinden, selbst erfundene Märchen könnten sich manifestieren", meinte der wissenschaftliche Leiter.
„Bestimmt auch überdimensionale Knobelspiele", gab Fredo dazu.
„Sehr komplexe oder auch sehr einfache; wer weiß, vielleicht sogar entflohene Sträflinge", Anina lächelte.
Fredo wandte sich zu ihr: „Wahrscheinlich wartet ein Kampf ohne Ende und ohne Happy End. Die Natur kann in Wirklichkeit bösartig und zerstörerisch sein, hinter den Ereignishorizonten Chaos verbergen. Auf unsere Lebensformen wirkt sie mit anderen Naturgesetzen, gegebenenfalls deformierend und zerstörerisch

oder bringt ganz andere Hybridformen hervor oder sogar metallische Lebewesen."
„Schon möglich", meldete sich der wissenschaftliche Leiter Gruubeer. „Außerhalb unseres bekannten Universums existieren unendlich viele weitere Universen. Ich frage mich vor allem, wie diese interagieren und wodurch der Raum zwischen ihnen bestimmt wird. Wir nehmen einen Ozean von weit entfernten Teilchen an, die sich zu unendlicher Vielfalt vereinigen können, unter universellen Bedingungen. Sie bilden sicherlich Strukturen wie unsere Galaxien, die wiederum durch extradunkle Materie zusammengehalten werden. Soweit die Theorie. Noch nie haben wir unser Universum von außen beobachten können, unsere weitesten Aufklärungsdrohnen gingen verschollen oder fanden immer noch ältere Galaxien in weiter Ferne, keinen Raum vor dem Urknall. Das Antlitz der Außenwelt blieb uns immer verborgen; ihre Qualität, ihre Inhaltsschwere könnten unsere heutigen theologischen Auffassungen wieder einmal reformieren und uns einen wohltuenden Wissensschub vermitteln. Die Unendlichkeit haben wir lange noch nicht hinreichend beschrieben. Vielleicht kann auch nichts so tief wachsen und vergehen, wie der Mensch."
Von Werften meldete sich zu Wort: „Am Ende ist alles mehrdimensional miteinander verwoben und wir könnten noch schneller reisen als heute. Zum Beispiel wie entlang von Seiten eines Buches mit Überspringen der Seiten. Wir erleben Blumensträuße der Zeit, Zeitsträuße, gesteuerte Anomalien."
„Und nach der berühmten Unschärferelation ändern wir unsere Umgebung durch reines Beobachten", der wissenschaftliche Leiter lachte. „Es wird nicht einfach für uns, alle Zusammenhänge zu erfassen und zu verstehen."
„Da müssen wohl unsere superintelligenten Schiffe ran", Fredo spielte an einer Eingabekonsole. „Sie werden uns Ergebnisse servieren müssen."
Anina warf dazwischen: „Mich würden neue kosmische Klänge faszinieren, Sinfonien des Alls. Ich habe früher zu Klängen des

Saturns zusammen mit kombinierten Mondfrequenzen meditiert. Übersinnliche Klänge gibt es unendlich viele, wenn man den Sternen zu lauschen versteht. Irgendwo gibt es immer Quellen von Radiowellen, die auch andere Schönheiten präsentieren als die reinen wissenschaftlichen Aspekte. Aber ich denke Esoterik und Wissenschaft schließen sich nicht aus. Was meint Ihr?"
„Natürlich nicht", stimmte ihr der freundliche Wissenschaftler zu. „Wissenschaft ohne Religion ist blind. Ich glaube an Wunder und allgemeingültige Weltformeln. Wir wollen trotzdem Geschehnisse reproduzieren und ausreichend studieren können. Wenn Sie hundert Mal das Gleiche zaubern, wird die Suche wissenschaftlich. Eigentlich endet alles in der Wissenschaft, selbst der Olymp des Multiversums. Und mich begeistern die unendlich möglichen Sets an Naturgesetzen, wie verrückt dann Welten sein können."
Von Werften unterbrach: „Wir bräuchten dann bald abgeschirmte Raumschiffe, in denen unsere Gesetze herrschen. Um solche Welten zu besuchen, müssten wir also eigene Miniuniversen schaffen können. Ich kann mir kaum vorstellen, wie alles funktionieren soll, wenn plötzlich ganz andere Naturkonstanten, Gravitationskräfte oder neue verrückte Magnetfelder wirken. Als Schutzschirm nehmen wir am besten eine Blase aus Multiversum."
„Interessant, die Grundsubstanz aller Universen dürfte ein Schlüssel zur Entstehung der Universen selbst sein. Selbst wenn unser Christengott die Finger im Spiel hatte und sich auch das wieder ausgedacht hat", Gruubeer hatte sich senkrecht gesetzt. „Mit anderen Universen könnten eventuell auch wir geistig verschmelzen. Ich träume gar von der geistlichen Beeinflussung von Magnetaren und schwarzen Löchern, von Universen aus lebenden Organismen; ich träume von Zeitspiralen und Tränen der Sterne. In den unendlichen Weiten dürfte nichts unmöglich sein."
„Ja, jeder könnte in so einer Welt sein eigenes Universum erschaffen und wir treffen uns dann einmal im Jahr", von Werften lachte. „Ich stelle dann die neuesten Multiversum weiten Manöver vor und handle mit den neuesten Waffen. Wahrscheinlich gibt es

dann Ideen als Währungseinheiten. Oder vorkonfigurierte unterschiedlich große Universen."
„Unser General hat eine neue Marktlücke entdeckt", begeisterte sich Anina. „Ich würde mir dann ein Universum aus lauter Gartenpflanzen schaffen, voller fröhlicher Naturgeister. Außerdem gebe es einen Raum mit lebenden Trickfilmfiguren und singenden Planeten."
„Und ich schaffe mir einen Lebensraum mehrdimensionaler Rätsel", unterbrach Gruubeer. „Dort würde ich mich mit physikalischen Paradoxa umgeben, wie zum Beispiel mit Kerzen, die beim Brennen länger werden oder mit Kugeln, die einen Berg von selbst hinaufrollen, selbst Wasserfälle die zur Quelle streben haben ihren Reiz. Dann schaffe ich noch schwarze Löcher, die jegliche Materie abstoßen und lasse sie aufeinander prallen. Außerdem würde ich mir eine gezielte Kollision mehrerer Galaxien generieren, Energie erzeugen und vernichten, dann die Resultate analysieren. Was für ein Spaß für große Kinder. Und das Beste kommt noch: Ganze Universen würde ich verschmelzen lassen und nachsehen welche Konstellation sich durchsetzt. Leider dürfte so Einiges Jahrmilliarden dauern, vorher müsste ich noch unsterblich werden."
Anina faltete die Hände zum Gebet: „Es werde Unsterblichkeit und eine Lehre von den letzten Dingen, vom Anbruch einer neuen Welt, eine Eschatologie. Es mögen sich Tempel in meinem Universum erheben, heilige Sternenballungen wachsen, planetengroße Amulette durch das All treiben. Und ich verschmelze mit der Welt, werde eins mit meinen Schöpfungen und steigere das Niveau der interplanetaren Harmonie, lasse Maschinen menschlich werden."

Dann sprach sie noch ein Gedicht in die Runde:

Multiversum

Brodelsuppe Urmaterie,
dir bringen wir die neuen Lieder.
Heut' sind wir noch sehr tief in dir,
wir formen dich und sehn uns wieder.

Abgefangen

Sechzehn Spiralarme besaß die Galaxie, dazu immense schwarze Materie und nicht erfassbare dunkle Energie. Sie beeindruckte durch eine unvergleichbare Schönheit sowohl optisch als auch schöngeistig-astronomisch. Die Aromatik des Führungsschiffes komponierte dazu entspannende wohlriechende Düfte und ruhige verträumte Himmelsmusik.
Hier hatte das gesuchte Raumschiff zahlreiche Signaturen und Aufklärungssatelliten hinterlassen, die eifrig sendeten und gigantische Datenmassen übermittelten. Seltsamer Weise bildeten sie eine räumliche Häufung, worauf die fünf Menschenschiffe ihre Zielkoordinaten setzten. Bisher konnte nichts Ungewöhnliches angemessen werden, alle Sonden arbeiteten normal. Ihre Flugbahnen machten den Eindruck, als wären sie zusammengetrieben oder abgelenkt worden. Von einem Augenblick auf den anderen materialisierten zwanzigtausend fremdartige Schiffe verschiedenster Größe und Bauart, bildeten eine Kugel um die Menschenschiffe und begannen diese Umfassung zusammenzuziehen. Auf Funksprüche reagierten sie nicht, sie setzten dagegen Langstreckentorpedos ab, deren Anzahl sicherlich das Tausendfache der Fünfschiffflotte hätte zerstören können. Die Menschenschiffe änderten ständig ihre Flugrichtung. Innerhalb von Millisekunden passten sich die Angriffswaffen an, konnten nicht einfach abgeschüttelt werden. Die erste Torpedowand wurde mit Gravitationsschockwellen zur Explosion gebracht. Kein einziger Torpedo konnte durchdringen. Doch schon bewegte sich die dreifache Menge einer anderen Torpedoart auf sie zu. Die Gravitationsschockwellen verpufften. Minischwarzlöcher schafften nur die Zerstörung von etwa einem Drittel der Torpedos, die restlichen Flugkörper wichen einfach aus. Die ausschwärmenden Nanoroboterwolken brachten nun Erlösung, sie orientierten die Torpedos um, so dass sie gegeneinander oder teilweise sogar zu ihren Ursprungsschiffen zurückflogen und dort

detonierten. Die Antwort ließ nicht auf sich warten. Eine dritte Art Torpedos und die zehnfache Menge der ersten Angriffsfront machte sich auf den Weg. Die Menge war nicht mehr beherrschbar, die Nanoschwärme brauchten zu lange zum Umprogrammieren und wurden zurückbeordert.

„Sprünge innerhalb der Kugel und Holoprojektionen!", befahl von Werften. „Dann Sprung in den Ring der Feindschiffe und das mehrmals. Beim zehnten Mal Sprung weit außerhalb der Kugel und Mikro-Voraussonden absetzen, diese nach der Erkundung zu unserem letzten Sprungort, unserer vorhergehenden Galaxie schicken!"

Die fünf Schiffe reagierten sofort. Sie vervielfältigten sich durch Holo- und Funkprojektionen auf das Hundertfache und sprangen in Fünfergruppen wild neben und durch die Reihen der Angreifer, stifteten ein ordentliches Durcheinander. Die Voraussonden bekamen genügend Zeit, um das nächste Reiseziel auszukundschaften. Der menschliche Flottenverband sprang weiter umher, begab sich nach einigen Minuten in die letzte besuchte Galaxie. Die Angreifer folgten, wieder materialisierte sich eine Umfassungskugel. Bis die Sonden eingesammelt waren, explodierten einige der falschen Formationen, blendeten die Sensoren der Angreifer mit Licht und Energie wie riesige Blendgranaten. Dann ließ von Werften zwei Sprünge ansetzen, zum neuen Zielpunkt. Davon schienen sie die Fremdschiffe abhalten zu wollen, denn wieder materialisierte sich die Angriffskugel.

„Flucht nach vorn!", befahl von Werften. „Richtung Zielsignal!"

Die Schiffe tarnten sich und hinterließen wieder zahlreiche Dummys, falsche Fünferflotten, die allesamt unterschiedlichste Flugvektoren einnahmen. Das Endziel der Menschen hatte sich seit Tagen nicht verändert, nun sendete ihr Raumschiff aus der Sechzehnergalaxie, in der sie angekommen waren. Das Signal war erstmalig stark und zeigte keinerlei Bewegungen oder Verfälschungen. Unglaublich, kurz vor dem Erfolg lauerte der

Tod, streckte seine langen Krallen aus, zeigte sein hässliches Gesicht. Nach einigen Täuschungsmanövern näherten sich die Menschen rapide ihrem verloren gegangenen Schiff, im Anhang oder Umfang ihrer Angreifer. Gigantische Nebelblasen - die sich bald zu einer Blase vereinigten - hüllten sie immer stärker ein, schienen ein Geheimnis verstecken zu wollen. Wie aus dem Nichts kam ihnen schlagartig kräftiges Sperrfeuer entgegen. Kleine robotergesteuerte Kugelraumschiffe, deren Zahl nach ersten Messungen in die Millionen ging, sandten eine Salve von tausenden unterschiedlichen Waffen auf die Angreifer, ließ aber den fünf Menschenschiffen eine sichere Passage. Angesichts der Übermacht brach die Verfolgung der Außermenschlichen ab, sie verschwanden so schnell, wie sie gekommen waren, hinterließen weder eine Nachricht, noch sinnvolle Restsignaturen. Ebenfalls sprangen die kleinen Kugelraumschiffe in eine andere Dimension, ließen weitere Fragen offen. Nur dem Wiedersehen der Menschen mit ihrem Raumschiff stand offenbar nichts mehr im Wege.

Der Weltarbeitschip

Die Intensität und Zahl an Gammastrahlen nahm zu, ganze Todesstrahlenbündel liefen in dieser Gegend ins Unendliche. Seltsame Nadelimpulse strahlten ins All, wirkten künstlich, ohne sinnvolle Struktur und Informationsgehalt, so als würden sie von einem Zufallsgenerator chaotisch erzeugt werden. Hinter ihnen folgte niemand, vor ihnen, in einigen Lichtjahren Entfernung tauchten nach den Sensoren Raumschiffe auf und verschwanden wieder. Keine Abwehr stellte sich ihnen entgegen.
Die Menschenflotte erreichten massenhaft Funksprüche, typische Willkommenssendungen, die sonst immer den Außermenschlichen entgegen geschickt wurden. Sie sandten in Reaktion ihre eigenen Begrüßungsbotschaften.
Darauf antwortete eine Maschinenstimme ohne Bildübertragung:
„Willkommen am Weltarbeitschip. Sie werden in Kürze von unseren Traktorstrahlen erfasst und in Standposition gehalten. Nach Aktivierung unserer Systeme für ihre Spezies und Schiffskonfiguration erreichen sie alle relevanten Informationen. Sie können dann mit Ihrem sechsten Raumschiff Ihrer Wege ziehen. Bewahren Sie bitte Ruhe, Sie befinden sich in einer Region des Friedens."
Kurz darauf wurden die Schiffe sanft abgebremst und in relativen Ruhezustand versetzt. Technische Beeinträchtigungen an Bord gab es keine, die Antriebssysteme konnten schadenfrei abgeschaltet werden. Den Schiffen wurde ein Countdown gesendet, der drei Tage lang zurück zählen musste, um bei null zu stehen.
Die Ankömmlinge scannten gründlich die Umgebung, empfingen Spuren einer Planetenexplosion. Der Nebel lichtete sich und vor den Schiffen erschien ein Gebilde, dass nach den Daten milliardenfach älter als das Universum war, nur eine geringe Masse und kaum messbare Energie aufwies und außerhalb der umgebenden Raumzeit existierte. Aus seinem Inneren drangen die Todesstrahlen nach außen. Nach deren Verlauf musste es mehrere

von diesen Gebilden geben oder die überall vorhandenen Raumkrümmungen wurden geschickt ausgenutzt. Bisherige Messungen bestätigten die zweite Annahme. Das eiförmige Etwas besaß ringsherum unterschiedlich lange Spitzen und wirkte optisch dunkelgrün und irgendwie bedrohlich. Nirgendwo konnten Eindringmöglichkeiten gefunden werden, in keiner Datenbank fand sich Vergleichbares. Die Stunden vergingen und von Werften fragte sich wieder einmal, ob sie nun in eine besonders raffinierte Falle gegangen waren. Weitere Anfragen blieben unbeantwortet, Feindseligkeiten blieben aus, das entschwundene Schiff sendete weiter seine Kennung aus dem Gebilde. Von Werften setzte seine Mannschaft zum Zeitpunkt null in Alarmbereitschaft und wartete gespannt auf den entscheidenden Augenblick. Nichts regte sich, nur ihre Umgebung veränderte sich fast sanft, sie waren teleportiert worden. Unweit wartete ihr entflohenes Raumschiff, um sich in den Flottenverband integrieren zu können. Es sandte ihnen unaufhörlich Daten zu den Gammastrahlen und dem Raum, in welchem sie sich nun befanden. In zehn Lichtjahren Entfernung umgab sie ein Ei aus sechseckigen Waben. Fokussierten sie ihre Zielrichtung auf eine dieser Öffnungen, besser Portale, wie ihnen ihr sechstes Schiff mitteilte, erschienen in der Anzeige Bezeichnungen. Ständig kamen Informationen herein, die ihre Schiffskapazitäten zu sprengen drohten. Ihr sechstes Schiff fungierte als Dolmetscher und reduzierte nach und nach auf das Wesentliche. Vor sich sahen sie Tore in andere Universen und Multiversen, die ihnen nun für immer offen standen. Völlig unbekannte Spezies tauchten in die Waben ein oder kamen gerade aus ihnen heraus. Konflikte im Portalraum waren nicht zulässig und wurden je nach Vergehen mit mindestens zweihundert Menschenjahren Reisesperre bestraft.
Die Menschenschiffe waren auf ein Ziel ausgerichtet worden: Atomatica. Und welch eine Wiedersehensfreude machte sich breit, als sich die verschollen geglaubten Manöversoldaten vom sechsten Schiff meldeten. Die ganze Aufregung hatte nur dazu gedient, die

gesamte Menschheit in die Formation der Multiversumreisenden aufzunehmen. Gesteuert von automatischen Systemen war das Ziel erreicht worden. Die Erbauer dieser technischen Konstruktion blieben wie so oft und fast zu erwarten im Dunkeln; diese waren derzeit unerreichbar, wollten später einmal von sich berichten. Die sechs Menschenschiffe folgten den Empfehlungen der Künstlichen Transportintelligenz. Sie flogen durch die Atomatica-Wabe und fanden sich im Gebiet des letzten Manövers des Generals von Werften wieder. Der Weltarbeitschip hatte ihnen zum Abschluss Portalreaktivierungssequenzen überspielt, die sie gleich noch einmal ausprobierten. Ohne Probleme konnten sie nun zwischen den Räumen hin und her pendeln.

Zurück

Schöne Feiertagswetter hatte die Administration angeordnet, durch die Straßen transportierten Roboter kostenlose kalte Büffets. Künstler bekamen Sonderaufträge zugesprochen und das Wichtigste: Für alle Menschen wurde der interstellare Feiertag des Multiversums gekürt.
Großes Feuerwerk startete neben jedem Planeten Atomaticas. Eine regenbogenfarbige Lichtersinfonie setzte ein, für Zuschauer wurden dazu passende musikalische Begleitungen auf öffentlichen Plätzen und zu Ferndarstellungen eingespielt. Planetengroße künstlerische Hologrammbilder rotierten neben und durch die Lichteffekte und zerplatzten in Sprengsätzen. Künstliche Kometen zogen ihre Bahnen und schrieben in allen bekannten Sprachen *Feiertag* ins All. Zusätzliche Fernsehsender gingen an den Start. Der Weltarbeitschip sorgte für neue aktuelle Informationen aus fremdartigen Räumen der Universen, übertrug dabei sogar fertige Unterhaltungssendungen. Die Bereicherungen schienen unendlich zu werden; die Zukunft würde zeigen, welche Überraschungen die neuen Welten noch bereithielten. Das Militärkontingent wurde verdoppelt, die allerbesten Wissenschaftler für neue Missionen engagiert. Das Volk jubelte.

Einen Monat nach den Feierlichkeiten ging ein verschlüsselter Notruf aus einem unbekannten Universum ein: *Hilfe, Hilfe, Hilfe. Wer gibt uns Alternativen?*

„Wir sind zurück", sagte Geroid von Werften zum Oberheer.